August Antinous Rauber

Über de Stellung des Hühnchens im Entwicklungsplan

Antigonos

August Antinous Rauber

Über de Stellung des Hühnchens im Entwicklungsplan

Unveränderter Nachdruck der Originalausgabe von 1876.

1. Auflage 2024 | ISBN: 978-3-38634-864-5

Antigonos Verlag ist ein Imprint der Outlook Verlagsgesellschaft mbH.

Verlag: Outlook Verlag GmbH, Zeilweg 44, 60439 Frankfurt, Deutschland, info@outlook-verlag.de
Vertretungsberechtigt: E. Roepke, Zeilweg 44, 60439 Frankfurt, Deutschland
Druck: Libri Plureos GmbH, Friedensallee 273, 22763 Hamburg, Deutschland

ÜBER DIE

STELLUNG DES HÜHNCHENS

IM ENTWICKLUNGSPLAN

VON

A. RAUBER,

AUSSERORDENTLICHER PROFESSOR AN DER UNIVERSITÄT ZU LEIPZIG.

MIT ZWEI TAFELN.

LEIPZIG,

VERLAG VON WILHELM ENGELMANN.

1876.

Uebersetzungsrecht vorbehalten.

SEINEM UNVERGESSLICHEN LEHRER

HERRN

PROFESSOR D^{R.} TH. L. W. VON BISCHOFF

GEWIDMET

VOM VERFASSER.

Der Gegenstand, mit welchem sich die folgenden Blätter beschäftigen, liegt, was die Ergebnisse betrifft, schon seit geraumer Zeit abgeschlossen vor mir. Andere Arbeiten, insbesondere Beschäftigung mit der Entwicklung der Säugethiere, wohl auch der Gedanke, dass dieser oder jener wenn auch vielleicht unwesentliche Punkt mit der Zeit eine schärfere Fassung gestatten werde, verzögerten die Ausführung und liessen sie in einer mir selbst schliesslich nicht angenehmen Weise ruhen. Denn über den wesentlichen Inhalt hatte ich bereits vor einem Jahre eine kurze gelegentliche Mittheilung gemacht, doch mehr andeutungsweise, als in der Vollständigkeit, welche die Bedeutung des Gegenstandes zu erfordern schien und welche insbesondere zur Beweisführung nothwendig war.

So möge denn eine zusammenhängende Darstellung der in Betracht zu ziehenden Verhältnisse hiermit gegeben und die Unterlagen für die Behauptung erbracht werden, dass die ersten Entwicklungsstadien der Vögel morphologisch sich so vollständig an gewisse entwicklungsgeschichtliche Typen der niederen Thierwelt anschliessen, dass sie sich einander berühren.

Zu diesem Behufe war vor Allem die Bildungsweise der Keimblätter, über welche bekanntlich die Anschauungen weit auseinandergehen, einer erneuerten Untersuchung zu unterwerfen. Zu gleicher Zeit musste man hiedurch zur Entscheidung gelangen, ob eine eigentliche Furchungshöhle neben der Baer'schen Keimhöhle vorhanden sei oder nicht.

Die peripherische Zone der Keimscheibe zog hierauf das Interesse auf sich und gelangte während der verschiedenen Stadien der Dotterumwachsung zur Untersuchung. Das Verständniss der Embryonalanlage selbst wird nur ermöglicht durch die Kenntniss der verschiedenen Stadien der Ausbildung der sogenannten Area opaca. Das Auftreten der »ersten Embryonalanlage« im hinteren Bezirk der Keimscheibe bleibt unverständlich ohne Bezugnahme der Rückenfurche zum Urmund, als welcher der freie Rand der Area opaca zu jeder Zeit sich geltend macht.

Schon allein letztere Bezugnahme bringt die phylogenetische Frage in die unmittelbare Nähe der Betrachtung, ebenso ihr Verhältniss zum mechanischen Entwicklungsprincip im Allgemeinen. Das phylogenetische Princip und das von PANDER aufgestellte mechanische Entwicklungsprincip der Körperform schliessen sich einander in Wirklichkeit nicht aus, sondern scheinen sich zueinander wie Ursache und Wirkung zu verhalten. Gerade die erwähnte Beziehung der Rückenfurche zum Urmund kann als ein geeignetes Beispiel in dieser Richtung dienen. Der Mechanismus zeigt überhaupt nur den Modus der morphologischen Kraftentfaltung des Keims, nicht mehr. Man gelangt schliesslich zu folgender Alternative: Die verschiedenen Mechanismen können nur entweder ursprünglich oder erworben sein. Sie für ursprünglich zu erklären ist zwar leicht, genügt jedoch nicht dem wissenschaftlichen Denken und kann nur den Werth eines Dogma beanspruchen. Ganz anders steht es mit dem phylogenetischen Princip. Um von allem Anderen hier zu schweigen, hebe ich nur hervor, dass die verschiedenen Entwicklungsmechanismen nicht etwa völlig constant verlaufen, sondern selbst gegenwärtig noch eine beträchtliche Variabilität zeigen, wie wohl Jeder weiss, der mit embryologischen Untersuchungen einigermassen vertraut ist.

Rastloser denn je drängen sich die Beobachtungen auf entwicklungsgeschichtlichem Gebiete. Die in demselben hervorragenden unvergänglichen Denkmäler und Siegeszeichen aus entfernterer und näherer Vergangenheit sehen in weitem Umkreis einen neuen Frühling um sich erblühen, welcher von ihnen selbst Licht und Wärme empfangen hat. Es bezieht sich darum jede Blüthe auch auf den Ursprung zurück und hilft jene Siegeszeichen bekränzen.

Inhalt.

Bildung der Keimblätter.

Die folgenden Mittheilungen sollen über diejenigen Entwicklungsvorgänge des befruchteten Enten-, Kanarien- und Taubeneies handeln, welche die Bildung der Keimblätter bewerkstelligen. Selbst wenn die frühesten Stadien des Hühnchens so vollkommen als wünschenswerth gekannt wären, würde das Beginnen keiner Rechtfertigung bedürfen, Vertreter anderer Ordnungen und Familien aus der Klasse der Vögel auf ihr entsprechendes Verhalten zu prüfen. Man mag zwar gerne von vornherein der Vermuthung Raum geben, dass irgend ein bedeutungsvollerer Unterschied in der Hervorbildung der ersten Anlagen innerhalb der genannten Ordnungen nicht vorhanden sein werde. Nichtsdestoweniger ist Vorsicht geboten, eine einzige Species ohne Nachweis als berechtigte Vertreterin einer ganzen Klasse anzusehen, und erst die Erbringung der Thatsachen wird Sicherheit geben können. Wenn aber auch vielleicht eine fundamentale Uebereinstimmung sich herausstellen sollte, so werden doch aller Wahrscheinlichkeit nach selbst zu so früher Zeit mindestens gewisse kleinere Unterschiede in den Vorgängen bei verschiedenen Ordnungen hervortreten, welche bei der Beurtheilung eines so schwierigen Gegenstandes nur günstig in das Gewicht fallen können, das Wesentliche besser zu erkennen und von dem in allgemeiner Hinsicht minder Bedeutungsvollen abzusondern.

Es handelt sich aber keineswegs in erster Linie darum, eine Vergleichung der untersuchten Arten mit dem Hühnchen anzustellen, sondern überhaupt um eine wiederholte Untersuchung der ersten Stadien von Vogel-Embryonen. Denn es gibt in der ganzen Klasse keine einzige Art, über deren frühe Keimesgeschichte unsere Kenntnisse so ausgebildet und im Reinen wären, dass nicht gerade die erheblichsten und tiefgreifendsten Gegensätze der Meinungen sich gegenüberständen. Wie wenig noch kann sich unser embryologisches Wissen über die Vögel mit jenen Ergebnissen sorgfältigster und genauester Beobachtung irgend messen, die uns insbesondere in Würdigung der Arbeiten auf dem Gebiete der Wirbellosen so oft zur Bewunderung hinreissen. Der Gewinnung solcher Klarheit, dass von jeder Zelle Ursprung und Schicksal offen vor uns liegt, scheinen sich bei den Vögeln unüberwindliche Hindernisse entgegenzustellen. Mehr und mehr diese Kluft zu verringern und damit eine gesicherte Grundlage zu erhalten für Anstellung vergleichender Betrachtungen über die Entwicklungsverhältnisse dieser und anderer Thierklassen, dieses Bestreben leitete die folgenden Untersuchungen.

Diejenige Zeit, welche es sich genügen lassen durfte, die Entwicklung des Hühnereies von jenem Augenblicke an aufzunehmen und fortschreiten zu lassen, als es von der Henne gelegt worden war und die ganze intrametrale Bebrütungsdauer ihre Wirkungen bereits entfaltet hatte, liegt hinter uns. Der Zeitpunkt der Legung des Eies ist ein so äusserlicher und in der Ausbildung des Keimes vorgerückter, dass die Zurückweisung seiner Wahl als Ausgangspunkt nicht in Frage kommen kann; denn die grundlegenden und vorzüglichsten Erscheinungen innerhalb der gesammten Vogelentwicklung pflegen um diese Zeit zumal beim Huhn schon mehr oder minder vollständig abgelaufen zu sein. Es muss darum billig unsere Verwunderung erregen, mit welcher Zähigkeit bei höchst wenigen Ausnahmen selbst gegenwärtig noch Manche, nicht etwa um der Gewinnung technischer Fertigkeit willen, sich an das rein äusserliche Moment der Legung klammern und von hier aus ihre Betrachtungen erfolgen lassen. Sie stellen sich hierin, da die gegenwärtigen Untersuchungsmethoden nicht mehr entschuldigen können, von vornherein selbst ausserhalb des entwicklungsgeschichtlichen Bodens und widersprechen unbewusst dem eigenen Princip gleich durch den Beginn ihres Vorhabens. Wenn sie, gefühllos für diesen schwerwiegenden Mangel, nichtsdestoweniger die Vogelentwicklung zu beurtheilen versuchten, so waren um so mehr als stützende Homologien aus anderen Klassen schwer berücksichtigt werden konnten, Irrthümer und Missgriffe fast unausbleiblich und sie sind denn auch nicht ausgeblieben.

Um nicht demselben Loose zu unterliegen, hatte ich darum meine vornehmste Aufmerksamkeit, wie es bereits von Oellacher und Goette geschehen war, auf den Ablauf der Furchung gerichtet, über die allmälig eine grössere Reihe von Beobachtungen sich sammelte. In diesen Blättern finden indessen nur diejenigen Furchungsstadien volle Berücksichtigung, insoweit sie genügend sind, auf den Zustand der zweiblättrigen Keimscheibe erhellendes Licht zu werfen und denselben mit Sicherheit beurtheilen zu lassen. Beobachtungen über die das Schicksal des Keimbläschens begleitenden Vorgänge, bezüglich welcher mir in Veranlassung der neuen Lehren über Kernbildung eine Vervollständigung meines Materiales wünschenswerth geworden ist, bleiben einer folgenden Mittheilung vorbehalten.

Untersuchungsmethode.

Keime von Eileitereiern sowie solche von frisch gelegten oder einige Stunden künstlich bebrüteten Eiern wurden, wenn sie zur Zerlegung in Schnittreihen dienen sollten, zum Theil in verdünnten Lösungen von schwefelsaurem Kupferoxyd, zum Theil in Chromsäure gehärtet. Das erstere, von Remak empfohlene Mittel macht den Keim zäher und minder brüchig als die Chromsäure. In beiden Fällen gelangte der ganze Dotter mit unverletzter Dotterhaut in die Erhärtungsflüssigkeit. Nach genügender Erhärtung ward das den Keim tragende Kugelsegment ausgeschnitten, ausgewaschen und in Pikrokarmin gefärbt. Die angegebene Färbung leistete besondere Dienste zur genauen Erkennung der Kerne und deren Unterscheidung von den bekannten kernartigen Bildungen im weissen Dotter. Auch mit Essigsäure angesäuertes Karmin erwies sich für diesen Zweck günstig. Die Zerlegung in Schnittserien geschah mit einem Ranvier'schen Mikrotom, nachdem das Dottersegment in eine Mischung von Wachs und Oel oder in Seife war eingebettet worden.

Eileiterei der Ente. Taf. I. Fig. 1 u. 3.

Die Bildung der Kalkschale war so weit vorgeschritten, dass sie sich zwar noch dünn, aber doch nicht mehr biegsam, sondern sehr brüchig zeigte.

Der Flächendurchmesser der Keimscheibe, an Meridionalschnitten gemessen, beträgt 1,8—2 Mm., der Dickendurchmesser misst in einem grossen, bis nahe an den Scheibenrand sich erstreckenden Mitteltheile 0,12—0,18 Mm. und nimmt jenseits rasch ab. Die obere Grenzlinie der Keimscheibe ist nahezu gerade; die untere Grenze dagegen ist durch einzeln vorspringende Zellen und Kugeln oder zusammenhängende Zellengruppen unregelmässig und hügelig gestaltet. Der zugeschärfte Rand der Scheibe und ein kleiner zunächst anstossender Theil der letztern ruhen auf feinkörniger Substanz, in welche kleine glänzende Kügelchen des weissen Dotters zahlreich eingestreut sind. Dieselbe Substanz zieht sich, durch einen schmalen Zwischenraum, dem Ausdruck der Keimhöhle, vom Keim geschieden, glattrandig längs dessen Unterfläche hin, so jedoch, dass die tiefsten Elemente des Keims sie an einer oder mehreren Stellen berühren. Die niedrige Keimhöhle ist mit fein granulirter Substanz angefüllt, der coagulirten Keimlymphe, auf welcher der Mittelbezirk der Keimscheibe aufruht. Die Oberfläche der ganzen Keimscheibe ragt über die umgebende Dotterkugel nicht bemerkenswerth hervor, sondern liegt in einer der Grösse des Keims und der Keimhöhle entsprechenden schüsselförmigen Vertiefung des Dotters. Der ansteigende Rand dieser Vertiefung, welcher den Rand des Keimes trägt, heisst im Folgenden Dotterwall; der auf der Keimlymphe ruhende Theil der Keimscheibe die Mittelscheibe.

In der Mittelscheibe können an einem Schnitt 4—7, durchschnittlich 5—6 unregelmässig übereinanderliegende Zellenreihen gezählt werden. Die fast kubischen Zellen der obersten Reihe berühren sich mit abgeplatteten Seitenflächen, wie auch ihre dorsalen, die Dotterhaut berührenden Flächen Abplattung zeigen. Mit ihren theils runden, theils polygonalen Unterflächen greifen sie unregelmässig in die folgende Zellenreihe ein. Ihr Durchmesser beträgt 0,012—0,02 Mm. Die untersten sphärisch oder elliptisch erscheinenden Elemente messen 0,024—0,06 Mm. Zwischen beiden äussersten Reihen folgt nun ein ganz allmäliger Uebergang der kleineren in die grösseren Formen, ohne dass jedoch selbst in den untersten Lagen zerstreut liegende kleinste Zellen ausgeschlossen wären. Zum Theil schon durch dieses unregelmässige Aufeinanderfolgen verschiedener Zellengrössen wird bewirkt, dass die gesammte Keimzellenmasse nicht in Schichten mit geradlinig durchgehenden Trennungsflächen zerlegt ist.

Die aneinanderstossenden Zellen aller Reihen mit Ausnahme der ersten sind nicht so dicht gegeneinander und gegen die nach auf- und abwärts folgenden Zellen gedrängt, dass nicht kleine von rundlichen Zellengrenzen eingefasste Zwischenräume ausgespart blieben, die als Ganzes aufgefasst ein gegen die Keimhöhle offenes Ur-Saftlückensystem darstellen, dessen einzelne Theile miteinander communiciren, dazu befähigt, insbesondere gegen die oberen Zellenregionen hin eine unmittelbare Ernährungsströmung zu unterhalten.

Die Kerne, deren da und dort selbst in der tiefsten Zellenreihe zwei in einer Zelle vorkommen, erscheinen als runde oder ovale, deutlich membranöse Bläschen von 0,006— 0,01 Mm. Durchmesser, mit einem bis zu mehreren Kernkörperchen und im Uebrigen klarem Inhalt. Die äussersten Kerne des Keimrandes liegen frei im ungefurchten Protoplasma, welches sich ohne bestimmte Grenze gegen den weissen Dotter verliert. In allen Zellen sind ausserdem, ganz wie es vom Hühnchen bekannt ist, innerhalb eines feingranulirten Protoplasma grössere und kleinere Kügelchen derselben Art vorhanden, wie sie der Unterlage des Keims zukommen. In den unteren Lagen finden sich zugleich grössere und zahlreichere. Die grösseren messen bis zu 0,006 Mm. Für die Entscheidung der Frage, ob diese Körner innerhalb der Zellen entstehen und wachsen, oder als geformtes Ernährungsmaterial von der Unterlage des Keimes an den Keim abgegeben werden, lässt sich schwer etwas beibringen, was die eine Annahme beweisen oder die andere ausschliessen würde. Schon an reifen, unbefruchteten Eiern scheidet sich, wie ich an mehreren meiner Präparate sehe, die protoplasmatische Dottermasse in zwei aufeinanderliegende allmälig ineinander übergehende und die spätere, erste horizontale Furchungsspalte, Ektoderm und Entoderm vorausbestimmende Lagen, von welchen sich die untere von der oberen durch etwas stärkere Granulirung auszeichnet. Die untere Lage selbst wieder verliert sich ganz allmälig in den weissen Dotter, ohne dass irgend eine schärfere Grenzbestimmung möglich wäre. Körnereinschlüsse besitzt der sich furchende Dotter schon von Hause aus und die Körnchen könnten sich durch Wachsthum, wie es Einige annehmen, zu irgend einem Zwecke vergrössern. Aus einem später noch auseinanderzusetzenden Grunde ist es mir aber nicht unwahrscheinlich, dass ausserdem Körner der Unterlage des Keims in diesen hineingelangen und hierzu dessen Lückensystem, soweit es die entfernteren Zellen betrifft, benützen.

Frisch gelegtes Entenei. Taf. I. Fig. 2, 4 u. 12.

Während die Keimscheibe des vorherbeschriebenen Eileitereies noch als ein zusammenhängender ungespaltener Zellenhaufen von 1,8—2 Mm. Flächen- und 0,12—0,18 Dickendurchmesser über einer niedrigen Keimhöhle sich ausspannte, gewährt die des frisch gelegten Enteneies, wiewohl der Zeitdauer der inneren Bebrütung nach nur wenig von ersterer abstehend, ein beträchtlich verschiedenes Bild. Der Flächendurchmesser ist auf 2,7—3 Mm. gestiegen, die Dicke der vergrösserten, über der erweiterten und vertieften Keimhöhle ausgespannten Mittelscheibe aber hat sich verringert auf durchschnittlich 0,066 bis 0,082 Mm. Während früher die Keimscheibe nur mit einem kleinen Randtheil auf dem Dotterwall aufruhte, ruht auf diesem jetzt ein verdickter breiter Ring von 0,5—0,66 Mm. Breite und 0,1—0,16 Mm. Dicke. Die gesammte Zellenmasse hat sich in zwei durch eine ungebrochene Spaltungsfläche geschiedene Zellenlagen gesondert.

Die obere Schicht ist aus einer einreihigen Lage dicht gedrängter, gegeneinander abgeplatteter, häufig cylindrisch gestalteter Zellen gebildet und reicht am weitesten nach aussen, so dass der genannte Flächendurchmesser der ganzen Keimscheibe zugleich denjenigen dieser Schicht bezeichnet. Die Zellen sind 0,022 Mm. hoch und 0,04—0,046 breit. Ihre rundlichen oder ovalen Kerne, die doppelt in manchen Zellen liegen und einen bis zu mehreren Kernkörperchen besitzen, liegen zum grösseren Theil näher der dorsalen, zum kleinern näher der ventralen Zellenfläche.

Die Zellen der unteren Schicht sind in der Mittelscheibe theils in einfacher, theils in doppelter, selbst dreifacher Reihe vorhanden. Doch ist diese untere Keimschicht nicht an allen Eiern gleichweit ausgebildet. In der Mehrzahl der untersuchten Fälle ist sie nicht als vollständig continuirliche Lage an Schnittpräparaten wahrzunehmen, sondern kleine Lücken trennen da und dort die sie zusammensetzenden Zellengruppen. In anderen Fällen ist die Lage eine vollständige, nicht durchbrochene.

Der Randtheil der unteren Schicht erscheint verdickt, einen Randwulst (GOETTE) bildend, der bis zu 4 und 5 Zellen Mächtigkeit besitzt und mit seinem nach aussen an Dicke abnehmenden Saume sich unter dem Rand der oberen Schicht verbirgt, welchen der erstere in der Regel nicht vollständig erreicht, sondern von letzterem um mehrere Zellenlängen überschritten wird. Nicht immer ist übrigens der Randwulst der unteren Keimschicht und der sie deckende Theil der einreibigen oberen Keimschicht deutlich von einander differenzirt, sondern beide Schichten gehen hier nicht selten ohne Grenze ineinander über. Von dem äussersten Saum und der unteren Hälfte des Randwulstes ist ausserdem hervorzuheben, dass daselbst nicht selten freie Kerne vorkommen. Freie echte Kerne finden sich übrigens fast regelmässig noch tiefer, im eigentlichen Dotterwall, im weissen Dotter, eine hier fortgehende superficielle Durchfurchung andeutend.

Die Zellen der unteren Keimschicht messen von 0,016—0,06, der Mehrzahl nach 0,025 Mm. Die grösseren Formen kommen nicht ausschliesslich, doch häufiger im Randwulst vor. Die Kerne liegen in der Regel in der Zellenmitte und unterscheiden sich an Grösse nicht von jenen der oberen Schicht. Nicht alle Formelemente der unteren Schicht besitzen jedoch Kerne; sondern theils grosse, theils kleine kugelige Formelemente der Mittelscheibe und des Randwulstes entbehren eines solchen regelmässig. Diese Kugeln zeichnen sich ausserdem durch starke Füllung mit gröberen glänzenden runden Körnern aus, wodurch sie körnerhaltigen Kugeln des weissen Dotters völlig ähnlich werden. Dieselben Elemente, untermischt mit echten kernhaltigen Zellen, zeigt nun auch der Keimhöhlenboden, während sie im vorhergehenden Stadium nicht isolirt waren, das eine Mal spärlich über seine ganze Fläche zerstreut, in einem andern Keim reichlicher. Im Bereich der Mittelscheibe liegen sie theils zwischen echten kernhaltigen Zellen in der Flucht der unteren Keimschicht, theils haften sie an der Unterfläche der letzteren.

Die Körnerfüllung der Zellen beider Schichten ist noch vorhanden und zeigt gegenüber derjenigen im vorhergehenden Stadium des Keims wenig Unterschied. Freie Kügelchen derselben Art, wie sie in den Zellen vorkommen, finden sich zwischen den Zellen so häufig, dass ich sie nicht leicht für künstlich dahin gebracht halten kann.

Durchmustert man Schnittreihen mit Bezug auf die Trennung der oberen Keimschicht von der unteren, so ergibt sich, dass im Bereich des Randwulstes beide Schichten sich einander berühren; dass sie dagegen im Bereich der Mittelscheibe theils sich berühren, theils auseinanderklaffen, indem über mehr oder minder lange Strecken zwischen beiden Schichten ein freier Raum sich hinzieht. Die Berührung beider Schichten im Bereich der Mittelscheibe findet zunächst gerade da statt, wo die untere Schicht aus zwei oder drei Zellenreihen besteht, an unbestimmter Stelle und in unregelmässiger Weise; der Zwischenraum ist am besten in jenen Fällen ausgebildet, in welchen die untere Keimschicht weniger durchbrochen ist und einem continuirlichen Ganzen sich nähert, was bei der einen Keimscheibe etwas früher, bei der andern etwas später, wechselnd mit der Jahreszeit, der Fall ist. Auf künstlichem Wege lässt sich der Zwischenraum zwar leicht vergrössern; es ist jedoch kein Grund vorhanden, ihn in seinem regelmässigen Verhalten etwa für ein Kunstproduct zu halten. Man muss vielmehr diesen mit Bezug auf die ganze Keimscheibe schalenförmigen Spaltraum als schmale Furchungshöhle von der Keimhöhle unterscheiden. Zugleich steht nicht allein nichts im Wege, sondern es ist sogar erforderlich, die Keimscheibe selbst als flache Keimblase, deren eine Hälfte der andern sich anschmiegt, aufzufassen.

Zur genaueren Erkennung der eigenthümlich lückenhaften Zusammensetzung der unteren Keimschicht ist es unerlässlich, an gehärteten Dottersegmenten, welche die Keimscheibe enthalten, den Keimhöhlenboden zu entfernen und die untere Keimschicht im Flächenbild aufgehellt zur Anschauung zu bringen. Hierbei fällt auf, dass in einem seitlichen Theil der Mittelscheibe, welcher etwa einem Drittel ihrer Gesammtfläche entspricht, die Zusammenfügung der unteren Schicht eine minder lockere ist als auf der übrigen Fläche. Während die Zellen hier theils zu isolirten, theils zu netzförmig miteinander verbundenen Gruppen vereinigt sind, bilden sie dort eine fast ununterbrochene Lage. In den noch vorhandenen seltenen und engen rundlichen Lücken liegen meist noch einzelne der genannten kugeligen grobkörnigen Elemente.

Dasselbe Verhältniss pflegt sich auch zu zeigen am frisch gelegten Hühner- und Taubenei. Es bildet wohl aller Wahrscheinlichkeit nach einen Vorläufer der mit der weiteren Bebrütung eintretenden halbmondförmigen Verdichtung, der Lunula der Area pellucida, die in deren hinterer Hälfte auftritt und als erste Embryonalanlage bekannt ist. Mit Bezug hierauf würde der dichter gefügte Abschnitt der unteren Keimschicht der genannten frisch gelegten Eier dem hinteren Drittheil der Mittelscheibe zuzuschreiben sein.

Frisch gelegtes Kanarienei. Taf. I. Fig. 5.

Man könnte durch die Betrachtung der Keimbeschaffenheit frisch gelegter Hühner-, Enten- und Taubeneier zu der Annahme geneigt sein, dass diese Beschaffenheit einen gewissen, für etwaige längere unschädliche Unterbrechung und Wiederaufnahme der Bebrütung günstigen Abschluss der Entwicklung darstelle. Dem widerspricht der Zustand des frisch gelegten befruchteten Kanarieneies, welches noch nicht zu jener Stufe der Ausbildung gelangt ist, ja nicht einmal die Stufe des beschriebenen Eileitereies der Ente erreicht.

Die Keimscheibe des frischgelegten Eies besitzt einen ungefähren Flächendurchmesser von 1,4—1,5, eine grösste Dicke von 0,17 Mm. Randwärts könnte man eine rasche Verdünnung der Scheibe erkennen wollen, wenn man nur den vollständig durchfurchten Theil des Keimes in Betracht zöge. Jenseits des letzteren bemerkt man indessen noch einen ungefurchten, allmälig und ohne bestimmte Grenze in den grobkörnigen weissen Dotter übergehenden körnerhaltigen Protoplasmatheil, in welchem spärlich zerstreute grosse Kerne vorliegen.

In der Mitte der Keimscheibe können an Meridionalschnitten 4—6 Zellenlagen gezählt werden. Die oberen Zellen sind kleiner als die Mehrzahl der unteren; doch kommen auch unter den letzteren kleine Zellen vor. Die kleinsten messen 0,012, die grössten 0,08, die Kerne 0,004—0,014. Die körnerhaltigen Zellen sind dicht aneinandergedrängt, kleine Lücken zwischen mehreren aneinanderstossenden Zellen hie und da zu bemerken. Entsprechend dem geringen Durchmesser der ganzen Dotterkugel (etwa ³/₄ Cm.) zeigt sich die obere Grenzlinie der Keimscheibe stärker convex als bei dem Enten- oder Hühnerei. Ihre untere Grenze berührt in ganzer Ausdehnung feingranulirten Dotter, in welchem Kügelchen derselben Art sich zerstreuen, wie sie besonders in den unteren Zellenlagen häufig sind. Eine Keimhöhle ist demnach noch nicht vorhanden; doch ist sie, wie der Gebrauch stärkerer Vergrösserungen ergibt, in der Vorbereitung begriffen. Denn entsprechend der Mitte der unteren Keimgrenze ist die Dottersubstanz durchsichtiger, wie aufgefasert und der Auflösung entgegengehend. Wenn man die Grenzlinie der Keimscheibe und des Dotters im Gebiet der meisten Zellen zusammenfallen sieht, so entfernt sich die Grenze des Dotters gegen den Keim zuerst in den Zwischenräumen je zweier kugelig vorspringender Zellen.

Kanarienei von den ersten Brütstunden. Taf. I. Fig. 6 u. 11.

Die Keimscheibe hat, am Schnitt gemessen, einen Flächendurchmesser von 1,8, in der Mitte eine Dicke von 0,13 Mm. Hier liegen 3—4 Zellenreihen übereinander. Gegen den Rand hin findet eine ganz allmälige Verdünnung statt, bis schliesslich nur eine einzige Zellenlage vorhanden ist. Unterhalb der letzteren bemerkt man jedoch im körnigen Dotter zerstreute freie Kerne. Der gesammte Zellenhaufen der Keimscheibe zeigt noch keine Andeutung einer Sonderung in verschiedene Blätter. In Grösse und innerer Beschaffenheit der Zellen ist gegenüber dem vorherbeschriebenen Keim ein bemerkbarer Unterschied nicht vorhanden. Die obere Grenze der Scheibe ist glattrandig geblieben. Die untere hat sich von dem Dotter im mittleren Theil abgehoben und ist durch vorspringende Zellen unregelmässig gestaltet, deren tiefste an zahlreichen Stellen den Boden der niedrigen, vom Dotter glatt begrenzten Keimhöhle berühren.

Kanarienei von etwa 10 Brütstunden. Taf. I. Fig. 7.

Der Flächendurchmesser der Keimscheibe ist auf 2 Mm. gestiegen; ihre Dicke beträgt im Bereich der Mittelscheibe 0,08—0,1 Mm. Der Rand der Scheibe ist dünner und läuft zu einer einzigen Zellenlage aus. Auch hier finden sich unterhalb derselben im körnigen Dotter freie Kerne. Die Keimhöhle hat an Flächen- und Tiefenausdehnung etwas zugenommen. Die untere Keimgrenze ist unregelmässiger und stärker ausgebuchtet als zuvor. Die am weitesten abwärts vorspringenden grössten Kugeln berühren den Boden der Keimhöhle; auf ihm finden sich, entfernt vom Keim, kleinere Elemente, diese wie jene theils echte Zellen, theils kernlos mit grobkörnigem Inhalt. Besonders hervorzuheben ist, dass zwei deutliche Blätter aus der gesammten Zellenmasse hervorgegangen sind. Das obere Blatt ist einreihig und im grössten Bereich der Mittelscheibe durch einen feinen Zwischenraum vom locker gefügten, doch continuirlichen unteren Blatt geschieden, dessen Zellen an Grösse durchschnittlich die des oberen überwiegen. Randwärts gehen beide Blätter ohne bestimmte Grenze in einander über.

Kanarienei von 24 Brütstunden. Taf. I. Fig. 8.

Die Keimscheibe hat 2,7 Flächen- und in der Mitte 0,1 Mm. Dickendurchmesser. Denselben Dickendurchmesser hat der 0,3 Mm. breite Randtheil der Scheibe, der sich durch eine beträchtliche Verdünnung von der über die Umgebung etwas erhobenen Mittelscheibe absetzt. Obere und untere Fläche der Keimscheibe sind glatt begrenzt. Letztere besteht aus zwei nunmehr sich dicht berührenden Blättern. Das obere Blatt besteht im Bereich der Mittelscheibe aus hohen kegelförmigen Zellen, die mit Basis und Spitze alternirend gestellt sind. Ihre Höhe nimmt gegen den Randwulst allmälig ab, welchen sie mit kubischen Formen bedecken. Das untere Blatt ist im Bereich der Mittelscheibe 4—5 Zellen hoch, die länglich polygonale Form besitzen und mit dem langen Durchmesser der Fläche der Keimscheibe parallel laufen. Alle Zellen dieses Blattes bilden ein continuirliches, gleichmässig beschaffenes Ganzes, in welchem auch die unterste Reihe durch nichts vor den übrigen sich auszeichnet. Der am Uebergangstheil der Mittelscheibe in den Randwulst liegenden Einschnürung entspricht eine allmälige Verjüngung des Blattes auf eine einzige Zellenreihe, die jenseits im Randwulste wiederum eine Mächtigkeit von 3—4 Zellen erreicht, um verdünnt auszulaufen. Freie Kerne in der Unterlage des Randwulstes sind nicht wahrzunehmen. Die Randwulstzellen sind mit kleineren und grösseren weissdotterähnlichen Elementen gefüllt. Die Keimhöhle hat sich verbreitert und vertieft. Der Keimhöhlenboden zeigt spärlich die bekannten Kugeln und Zellen.

Frisch gelegtes Taubenei. Taf. I. Fig. 9 u. 10.

Die Keimscheibe des frisch gelegten befruchteten Taubeneies stimmt in der Stufe ihrer Ausbildung mit der des gelegten Hühner- und Enteneies vollständig überein. Während der Flächendurchmesser am Hühnerei nahe 3 Mm. zu betragen pflegt, misst der des

Taubeneies 2,6 Mm. Der Randwulst hat dieselbe Breite, doch ist er etwas niedriger als bei den genannten Vögeln. Die Elemente des Keimhöhlenbodens sind dieselben wie anderwärts und pflegen reichlich vorhanden zu sein. Auf eine stellenweise dichtere Fügung des unteren Blattes ist bereits oben Rücksicht genommen.

Taubenei von 9 Brütstunden.

Die Keimscheibe hat einen Flächendurchmesser von 2,25 Mm. erreicht. Der Randwulst ist breiter und mässig dicker geworden. Die Dicke der Mittelscheibe ist verschieden nach dem Orte der Messung.

Das obere Blatt besteht mit Ausnahme einer bestimmten gleich zu erwähnenden Stelle aus einer dichtgefügten Reihe mehr oder minder kegelförmiger, mit den Basen alternirend gestellter Zellen. Das untere Blatt, aus 2—3 lockergefügten Zellenreihen zusammengesetzt, liegt dem oberen dicht an.

Zeigt schon das frisch gelegte Taubenei einen Gegensatz von vorn und hinten, so ist das hintere Drittel der Area pellucida nunmehr durch die Gegenwart einer Axenplatte in eine linke und rechte Hälfte geschieden. Die Axenplatte besteht aus einer mittleren Verdickung des oberen Blattes, welche mit dem Uebergangstheil der Area opaca in die Area pellucida beginnt und sich bis in den Beginn ihres zweiten Drittels erstreckt. Der Querschnitt der Verdickung ist spindelförmig, mit oberer Convexität des oberen, unterer Convexität des unteren Randes. Die Dicke der Anschwellung wächst von hinten nach vorn rasch zunehmend, bleibt eine Strecke stationär, um vorne in fast gleicher Weise wieder auf die gewöhnliche Dicke des oberen Blattes herabzusinken. Letztere beträgt hier 0,03, die grösste Dicke der Anschwellung 0,12 Mm., die von ihrer Breite etwa um das vierfache übertroffen wird. Das untere Blatt geht im Bereiche der stärksten Anschwellung bloss mit einer dichtanliegenden Zellenreihe vorüber.

Verfolgt man an etwas älteren Taubenembryonen die Axenplatte in ihrer weiteren Entwicklung, so ergibt sich, dass aus ihr das Medullarrohr, die Chorda dorsalis und die animale Musculatur hervorgehen. Die vegetative Musculatur dagegen stammt aus einer Wucherung derjenigen Zellen, welche schon vor Bildung der Axenplatte spärlich das Entoderm bedeckten. Abbildungen werden an anderem Orte gegeben werden.

Vergleichung mit der Keimscheibe des Huhns.

Die Furchung des Hühnerkeims ist, nachdem zuerst Coste[1] Oberflächenbilder derselben gegeben hatte, von Oellacher[2] in einer vortrefflichen Arbeit genauer studirt und beschrieben worden, indem er Keime verschiedener Stadien in Querschnitte zerlegte. An

---

1) Coste, Histoire du développement des corps organisés.

2) Oellacher, Untersuchungen über die Furchung und Blätterbildung im Hühnerei. Stricker's Studien I.

dessen Studie schliessen sich die Untersuchungen von A. Goette[1] an. Diese drei Schriften sind zugleich die einzigen, welche die so ausgedehnte Literatur des Hühnchens über Furchung bis jetzt besitzt.

Von Furchungsbildern aus den hier zu berührenden späteren Stadien kenne ich beim Huhn zwei vollständige Serien, die mit den durch die beiden zuletzt genannten Untersuchungen bekannt gewordenen zum Theil zu sehr übereinstimmen, als dass es gerechtfertigt wäre, sie ausführlicher zu beschreiben. Nur auf die zu bemerkenden Unterschiede sei darum kurz hingewiesen.

Die eine Serie entstammt einem Eileiterei mit noch weicher Kalkschale. Seine Beschaffenheit stimmt in den Hauptverhältnissen mit demjenigen Eileiterei überein, welches von Oellacher in Fig. 6 seiner Schrift gezeichnet wird. Die grossen Dotterstücke des Keimrandes, welche diese Figur linkerseits zeigt, fehlen und sind statt deren bereits kleinere Zellen, unterhalb derselben in nicht gefurchter Dottermasse, im Uebergangsgebiet des feingranulirten in den weissen Dotter, beiderseits freie Kerne vorhanden. Hiernach würde diese Keimscheibe ganz dem zuerst beschriebenen Eileiterei der Ente entsprechen; doch ist die Dicke der Keimscheibe des Huhns um eine ganze Zellreihe ärmer als die der Ente. Das Lückensystem zwischen gewissen Randtheilen beieinander liegender Zellen ist in gleicher Weise bei beiden ausgebildet.

Die andere Serie, gleichfalls einem Eileiterei des Huhns entstammend, das eine fertige Kalkschale besass und der Legung nahe war, nähert sich in der Beschaffenheit ihrer Bilder derjenigen, welche vom frisch gelegten Hühnerei bekannt ist. Insbesondere ist die Scheidung der Keimscheibe in zwei Blätter bereits erfolgt, während der Randwulst eine etwas geringere Dicke besitzt als er dem frisch gelegten Hühnerei zuzukommen pflegt: das untere Blatt, soweit es der Mittelscheibe angehört, zeigt eine dichtere Zellenfügung als es bei dem frisch gelegten Hühnerei der gewöhnliche Fall ist.

Meine Präparate der Keimscheiben frisch gelegter Hühnereier stimmen auf das Beste überein mit den Abbildungen Fig. 10 Oellacher und Fig. 6 Goette.

Die Keimscheiben frisch gelegter Enten- und Taubeneier gleichen mikroskopisch jenen des Huhns so sehr, dass selbst ein geübter Kenner vor Verwechslung nicht sicher wäre und alle für solche eines und desselben Thieres halten würde. Höchstens könnten die etwas zarteren Verhältnisse der Taube etwas befremden.

Diess ist das gewöhnliche Verhalten der genannten Keimspecies frisch gelegter Eier im späteren Frühjahr und Sommer. In der kälteren Jahreszeit, während welcher bekanntlich bei gut genährten Hühnern in warmen Räumen die Ovulation nicht selten fortdauert, pflegt das Stadium der Entwicklung frisch gelegter Eier etwas weiter zurückzuliegen. Oft genug erhält man um diese Zeit übrigens auch theils abortirende, theils unbefruchtete Eier.

Was das befruchtete Kanarienei betrifft, so stimmt die Keimscheibe des einige

---

[1] A. Goette, Beiträge zur Entwicklungsgeschichte der Wirbelthiere. M. Schultze's Archiv X.

Stunden bebrüteten Eies, Taf. I. Fig. 6, abgesehen von der Mächtigkeit, den Hauptverhältnissen nach überein mit dem Eileiterei der Ente Taf. I. Fig. 1.

Das 10 Stunden bebrütete Kanarienei entspricht einem Uebergangsstadium der Keimscheibe des Eileitereies der Ente in den Zustand des frisch gelegten Enteneies, steht jedoch dem letzteren näher.

Das 24 Stunden bebrütete Kanarienei entspricht einer Keimscheibe des Huhns vor Ausbildung der Axenplatte dem Wesen nach und abgesehen von Grössenverhältnissen.

Das 9 Stunden bebrütete Taubenei zeigt die Anlage der Axenplatte in derselben Weise wie das Huhn und die Ente.

Rückblick.

Ueberblickt man die geschilderten Formverhältnisse der Keimscheiben dieser verschiedenen Species, so ergibt sich, dass sie alle ein Stadium durchlaufen, in welchem die Keimscheibe folgende wesentliche Eigenschaften besitzt. Eine in Form einer regelmässig leicht ovalen Scheibe geordnete Gruppe von Zellen, die der fortschreitenden Furchung ihr Dasein verdanken, ist in zwei Lagen gesondert, welche eine schalenförmige niedrige Höhle zwischen sich fassen. Das obere Blatt, Ektoderm, besteht aus dichtgefügten Zellen, die einreihig nebeneinander liegen. Das untere Blatt, Entoderm, ist aus locker gefügten kernhaltigen Zellen und grobkörnigen Kugeln zusammengesetzt und zerfällt in einen mittleren dünneren, mehr oder minder lückenhaltigen Theil, die Mittelscheibe, und einen dickeren Aussentheil, den Randwulst, der sich selbst wieder aussen verdünnt und unter dem Aussenrand des Ektoderm verbirgt. In der Mittelscheibe werden ein oder zwei unvollständige Zellenreihen gefunden. Die so beschaffene flache Keimblase ruht vermittelst des Randwulstes auf dem Dotterwall, mit der Mittelscheibe auf der Keimhöhlenflüssigkeit. Auf dem Keimhöhlenboden liegen theils echte Zellen, theils grobkörnige Kugeln, welche die Unterfläche der Mittelscheibe berühren können.

An diese Darstellung knüpft sich vor Allem die Erörterung einiger Fragen, welche für die Beurtheilung der Vogelentwicklung besonderen Werth haben. Sie betreffen die Bildungsweise der Keimhöhle, den Modus der Blätterbildung, die Herkunft der Kugeln und Zellen auf dem Boden der Keimhöhle, die Herkunft des Körncheninhaltes der Zellen.

1) Die Bildung der Keimhöhle als eines mit stark eiweisshaltiger Flüssigkeit erfüllten Raumes kann unter gleichem Gesichtspunkt mit der Furchungshöhle betrachtet werden. Flüssigkeit kann in das Bereich der Keimscheibe geliefert werden einmal durch Attraction von Flüssigkeit aus ihrer Umgebung; sodann durch Aufnahme fester Stoffe aus dem flüssigkeithaltigen Dotter; sodann durch die Bildung von Wasser als Zersetzungsproduct aus dem Stoffwechsel der Keimscheibe.

Ob von diesen Momenten thatsächlich alle Platz greifen, wird sich schwer erweisen lassen; doch können für die Annahme einer Wirksamkeit aller einige Anhaltspunkte ohne Schwierigkeit gefunden werden. Wichtiger aber scheint mir die Beachtung des Verhältnisses zu sein, dass das junge Thier in dieser frühen Zeit sein Ernährungsmaterial aus der Keimhöhlenflüssigkeit wie aus einer Quelle bezieht, in die es sich einsenkt; dass aber mit weiterem Wachsthum und zunehmender Verbreiterung des Randwulstes der erste Ort des Bezugs sich ändert und gegen die Aussentheile der Keimscheibe verlegt wird, während das ursprüngliche Ernährungsorgan mehr und mehr seine Function vorläufig einstellt oder doch vermindert.

2) Der Modus der Blätterbildung begegnet ganz entgegengesetzten Auffassungen. Eine genauere Betrachtung desselben ist zu wichtig, als dass nicht ein historischer Blick auf den Wandel und das Wachsen der Anschauungen in diesem Gebiete dringend geboten erschiene. Die Beziehungen der Blätter zu den späteren Körperorganen sollen dagegen hier nicht berücksichtigt werden.

Aus einer blattartigen Anlage liess bereits C. Fr. Wolff das Darmsystem hervorgehen. Ihm folgte Pander [1]) und er erkannte in der etwa 12 Stunden bebrüteten Keimscheibe des Hühnchens zwei Blätter, ein oberes und ein unteres. Das obere, welches er das seröse nennt, bildet sich nach ihm auf der äusseren Oberfläche der zusammenhängenden Zellenschicht, die die Keimhaut ausmacht. Das untere Blatt ist das Schleimblatt. Diese beiden Blätter mit dem später entstehenden Gefässblatt sind für ihn der Ausgangspunkt zum Entwurf seiner Entwicklungstheorie, die erst neuerdings gewürdigt zu werden begann; indem sie aufstellte, dass die Körpergestalt theils aus Wucherung, theils aus dem Faltungsmechanismus der Keimblätter hervorgehe.

Dieser sogenannten Zweiblätterlehre schloss sich zunächst v. Baer an, durch umfassende Beobachtungen über die Schicksale der Keimblätter den jungen Zweig der Wissenschaft zu reicher Blüthe führend. Was den Bildungsmodus beider Blätter betrifft, so lässt v. Baer den Keim sich in Folge der Bebrütung in zwei Lagen sondern. Dieselbe Grundlage erkennt darauf v. Bischoff bei den Säugethieren, verfolgte jedoch hier zugleich auch die Furchung des Dotters. Reichert gelangte zur Aufstellung von drei Keimblättern, über welchen liegend die Umhüllungshaut aus der Keimscheibe hervorgeht.

Dass die Keimscheibe des Huhns schon im unbebrüteten Zustand aus zwei Blättern bestehe, wurde zuerst von Remak erkannt. Die Kugeln, aus welchen die Keimscheibe vor der Bebrütung zusammengesetzt ist, glaubt er, da ihnen ein eigentlicher Kern abgehe, nicht als fertige Zellen, sondern als Vorstufen von solchen auffassen zu sollen. Ueber die Entstehungsweise der beiden Blätter spricht er sich nicht aus. Nach W. His würde, umgekehrt wie bei Pander, das untere Blatt in Form von Fortsätzen von der ursprünglich einblätterigen Keimscheibe absprossen. Diese Annahme wurde sofort von Waldeyer zurückgewiesen, welcher in den Zellen des unteren Blattes die für die Bildung des oberen Blattes nicht aufgebrauchten Furchungskugeln vermuthete.

Während bis dahin das Hauptgewicht aller Untersuchungen über das Hühnchen einem von der Natur des Gegenstandes vorgeschriebenen Verlaufe nach ganz auf der Erforschung der Producte ruhte, die aus den Keimblättern allmälig hervorgehen, und die

---

1) Pander, Beiträge zur Entwicklungsgeschichte des Hühnchens im Ei. Würzburg 1817.

Verfolgung des Schicksals der Keimblätter alle Kräfte beansprucht hatte, änderte sich allmälig die Sachlage und der Schwerpunkt der Untersuchung senkte sich immer bestimmter auf die Erforschung der Entstehung der Keimblätter. Dieser Wendepunkt trat nicht unvorbereitet ein. Der am frühesten entwicklungsgeschichtlich ausgebildete Stoff, das Hühnchen, hatte seine führende Rolle früher als man ahnen mochte, auf die Gesammtheit der Thierwelt abgegeben. Jedes verschiedene Glied der letzteren zeigte sich bald als gleichberechtigt. Mit unglaublicher Schnelligkeit verbreitete sich Licht über die Entwicklung der wichtigsten Thierformen; die so gewonnene Grundlage der Vergleichung beginnt bereits sich organisch zu gliedern und noch offene Gebiete planmässig aufzuschliessen. Gerade die frühesten Zustände individuellen Werdens, das hatte sich auf das Bestimmteste ergeben, fielen aber am schwersten in das Gewicht für die typische Vergleichung.

Doch nicht bloss die vergleichend entwicklungsgeschichtliche Forschung hatte Antheil und Ursache, auch vom Hühnchen die Entstehung der Keimblätter zu kennen, sondern auch die Histiologie. Von diesen beiden Gesichtspunkten aus ist denn auch der Gegenstand in Angriff genommen worden.

Die vorerwähnte Ansicht Waldeyer's über das Verhältniss des unteren ʼKeimblattes zum oberen beweist Oellacher als die richtige, zeigend, dass die Dimensionen des gefurchten Keims die des oberen Keimblattes stets mehrfach übertreffen. Der gefurchte Keim reicht ursprünglich bis nahe zum weissen Dotter, in welchem selbst keine Furchung stattfindet, wird mittelwärts dünner, randwärts dicker und sondert sich allmälig durch Spaltung in zwei Schichten, die embryonalen Keimblätter. Er zeigt ferner, dass das obere Blatt von Anfang rascher wachse als das untere. (A. a. O. S. 70.)

Zu einem wesentlich verschiedenen Ergebniss gelangte Goette. Er betrachtet den weissen Dotter als von der Zerklüftung nicht ausgeschlossen. Ein Theil der aus der Dottertheilung hervorgegangenen Elemente sondert sich nach ihm zu einer primären Keimschicht, welche bei ihrer Ausbreitung sich verdünnt und dabei einen dickeren Rand erhält. Von diesem Rande aus erfolge hierauf noch vor der Bebrütung durch eine Art von Umschlag nach unten und innen, durch centripetale Verschiebung und Wanderung der peripherischen Zellen die Bildung der secundären Keimschicht, aus welcher unteres und mittleres Blatt hervorgehen. (A. a. O. S. 162.)

Die Grundlage dieser von A. Goette versuchten Deutung der Verhältnisse ist, wie nicht ausführlich hervorgehoben zu werden braucht, eine vergleichend-entwicklungsgeschichtliche. Ein übereinstimmendes Verhalten der grundlegenden embryonalen Vorgänge findet Goette auch bei den Knochenfischen, Batrachiern, ja selbst den Säugethieren. Dass eine solche Deutung Uebereinstimmung in der Manchfaltigkeit sucht, ist anzuerkennen; der Weg indess, auf welchem Goette dahin zu gelangen sucht, ist als ein verfehlter zu betrachten. Er entsprang mehr der homologisirenden Bestrebung als der Gewalt der Thatsachen. Ein zum Ziele führender Weg ist vielleicht vorhanden, aber er ist einfacher als Goette sich ihn dachte.

Was nun den Bildungsmodus der Keimblätter bei den betrachteten Vögeln betrifft, so unterliegt es keinem Zweifel mehr, dass die Auffassung Oellacher's die der Wahrheit entsprechende sei. Die Masse der Furchungskugeln spaltet sich nach Bildung der Keimhöhle in zwei Blätter. Die Masse der Furchungskugeln wird zu keiner Zeit in eine so dünne Mittelscheibe ausgezogen, dass diese bloss ein einziges Blatt darstellte, welchem ein zweites vom Randwulst aus entgegenwüchse; vielmehr besteht die Mittelscheibe zu jeder Zeit ihrer Ausbildung, auch zur Zeit ihrer grössten Verdünnung, immer aus den beiden bekannten Keimblättern, die nicht etwa zusammengenommen als einziges Blatt betrachtet werden können. Die Function des Randwulstes ist dagegen eine andere; er wächst nach aussen und in die Tiefe und ihm ist noch eine besondere Auseinandersetzung zu widmen.

3) Um die Herkunft der Kugeln und Zellen auf dem Boden der Keimhöhle zu beurtheilen, muss man sich in die Zeit der Furchung versetzen, zu welcher eine Keimhöhle noch nicht vorhanden ist. Man wird dann am ehesten dazu geneigt sein, die Zellen zu einem Theil für vom Keim abgelöste Furchungskugeln zu halten. Dass andrerseits im Boden der Keimhöhle Furchungserscheinungen noch nach der Ablösung der Keimscheibe vorkommen können und thatsächlich vorkommen, glaube ich mit Goette nicht bezweifeln zu sollen, da ich wenigstens im Dotterwall[1]), der ja nichts ist als die Fortsetzung des Keimhöhlenbodens, freie Kerne als eine sehr gewöhnliche Erscheinung gefunden habe. Doch ist ihre Verwendung an beiden Orten eine verschiedene.

An den kernlosen Elementen ist eine Aehnlichkeit mit gewissen Formen weisser Dotterkugeln nicht zu läugnen. Dieselbe Aehnlichkeit besteht aber auch für jede reich mit grösseren Körnern versehene Entodermzelle, sobald man deren Kern schwinden lässt. Eine Ableitung der Kugeln vom weissen Dotter jedoch, die ausserhalb der Furchung läge, ist unstatthaft, weil zu keiner Periode der Furchung solche Elemente in der Nähe des Keims vorhanden sind. Eine derartige Ableitung ist indessen von Niemanden, der die Furchung untersucht hatte, aufgestellt worden. Ich halte sie für kernlose Furchungskugeln.

Ueber das Schicksal der Bodenkugeln und -Zellen ist es schwer Aufschluss zu erhalten. Doch habe ich keinerlei Veranlassung, sie wie Goette für Haematoblasten zu halten, die in den Keim einwandern. Sie scheinen mir vielmehr allmälig zu zerfallen und zur Ernährung des Keims verwendet zu werden. Auch die dem Entoderm ein- und angefügten kernlosen Kugeln glaube ich für zum Zerfall bestimmte Nährkörper halten zu sollen, die ihre Bestandtheile den bleibenden Zellen des Keims mittheilen. Dass Zellen des Keims zur Ernährung des Keims von ihm selbst wieder aufgebraucht werden könnten, mag auf den ersten Augenblick zwar befremden, da es an sonstigem Vorrath nicht fehlt. Indess liegt hierin kein Gegengrund, da die Wiederaufzehrung selbstgelieferter Zellen durch den Keim anderwärts eine regelmässige Erscheinung bildet.

---

1) Bei einer Durchmusterung meiner Präparate über frisch gelegte befruchtete Taubenkeime ergibt sich, dass die Gegenwart echter freier Kerne nicht allein im Dotterwall, sondern auch im Boden der Keimhöhle als constantes Vorkommniss bezeichnet werden kann. An beiden Orten folgen sie in ziemlich gleichen Abständen aufeinander. Die Kerne messen hier 0,006 bis 0,01 Mm., die Dotterkügelchen, welche dicht gedrängt und gleichmässig über die ganze Fläche vertheilt sind, 0,002 bis 0,004 Mm. Jenseits des Keimhöhlenbodens, in der Keimhöhle, folgen die bekannten Kugeln und einzelne echte Zellen.

Die Elemente des Keimhöhlenbodens wurden übrigens schon von Remak als über-
schüssige Bildungsmasse gedeutet, welche nicht zur Betheiligung an der Bildung der Keimscheibe gelangt. (Untersuchungen über die Entw. der Wirbelthiere S. 3.)

Randwulst.

Die verdickte Peripherie des unteren Keimblattes (Oellacher), der Randwulst (Goette),
Keimwulst (Kölliker) ist ein theils in morphologischer, theils histiologischer und physio-
logischer Bedeutung wichtiges Gebilde der Keimscheibe der Vögel. Seine morphologische
Wichtigkeit beruht darauf, dass ihm mit dem zugehörigen Abschnitt des oberen Blattes die
Hauptrolle zufällt bei der Umwachsung der Dotterkugel; seine histiologische darauf, dass
zu einer gewissen Zeit seiner Ausbildung inselweise der Inhalt besondrer Zellen seines
Innern in Blutzellen sich umbildet: in physiologischer Beziehung fällt ihm dagegen nach
und nach die Aufnahme fester, flüssiger und gasförmiger Nahrung zu.

Durch die Umwachsung der Dotterkugel tritt er in immer ausgedehntere Berührung
mit dem weissen Dotter, seiner nächsten Unterlage. Kann man am frisch gelegten Hühnerei
u. s. w. und noch während der ersten Bebrütungszeit die Unterlage des Randwulstes als
ein besonderes Gebilde bezeichnen, welches im Vorausgehenden Dotterwall genannt wurde,
so tritt diese Unterlage als ein zusammenhängendes Gebilde späterhin mehr und mehr
zurück. Hiezu gibt den Anlass die innige Beziehung des Randwulstes zum weissen Dotter,
deren sichere Erforschung grossen Schwierigkeiten unterliegt. Auf diese Beziehung zum
weissen Dotter sei zuerst Rücksicht genommen. Darauf sollen die Verhältnisse der Umwachsung untersucht werden.

Ueber die Beschaffenheit des Randwulstes in allen Stadien seiner Ausbildung habe
ich Erfahrungen gesammelt am Huhn, der Ente und der Taube. Beim Huhn ist der Randwulst gerade zu der Zeit, um die es sich besonders handelt, der zweiten Hälfte des ersten
Brüttages, etwas lockerer gefügt als bei den zwei anderen Species, die darum vortheil-
hafter für die Prüfung zu verwenden sind. Ich will nicht der zahlreichen Verschiedenheiten gedenken, welchen die Auffassung des Verhältnisses zwischen Randwulst und weissem
Dotter von Anfang begegnet ist und noch begegnet. Meine Absicht geht bloss dahin, die
Zustände in Kürze zu schildern, welche die beiden anderen Vögel zeigen und die man
auch dann am Hühnchen finden kann.

Bis zu derjenigen Zeit der Embryonalentwicklung, in welcher die Axenplatte und
darauf die Primitivrinne sich bildet, hebt sich die Unterfläche des Randwulstes mit derselben hügeligen Begrenzung, welche der Randwulst des frisch gelegten Eies zeigt, von
seiner Unterlage ab. Diese besteht oberflächlich aus körnigem Protoplasma, in welches
weisse Dotterelemente kleinerer Art eingelagert sind. Ebenso verhält sich die Oberfläche
der Dotterkugel jenseits des Randwulstes. In tieferer Lage liegen die weissen Dotterkugeln so dicht, dass von einer Zwischensubstanz nichts mehr gesehen werden kann; zu-

gleich sind die meisten Kugeln solche grosser Art, in welchen viele oder grosse kernstoffhaltige Inhaltskörper gefunden werden, die man ihrer entfernten Aehnlichkeit mit Kernen wegen auch Pseudokerne genannt hat.

Genau dieselben kleineren Kugeln, welche man in der oberflächlichen Lage des weissen Dotters, der nächsten Unterlage des Randwulstes findet, sind um diese Zeit auch in den Zellen des Randwulstes selbst zu finden. Sehr bald ändert sich jedoch das Bild in allmälig voranschreitender Weise. Die deutliche untere Grenzlinie des Randwulstes verwischt sich immer mehr, indem zuerst von einzelnen Stellen, dann von der ganzen Unterfläche aus Zellenwucherungen in den weissen Dotter hinein stattfinden, welche sich allmälig bis zur unteren Grenze des weissen Dotters erstrecken. Zugleich mit der Zellenwucherung läuft einher der Eintritt der weissen Dotterkugeln in die grossen, protoplasmareichen eingewucherten Randwulstzellen. An allen Randwulstzellen, welche eine grössere weisse Dotterkugel einschliessen, sieht man den Kern auf die Seite gedrängt, während kleinere Einschlüsse an dem gewöhnlichen Verhalten nichts ändern.

Dieser Process läuft am frühesten ab in der centralen Zone des Randwulstes und erneuert sich in der jedesmaligen Aussenzone bis zur Umwachsung des Dotters. Ausgeschlossen von der Durchwachsung bleibt dagegen der jedesmalige äusserste Rand, der Saum des Randwulstes. Der fertige Theil stellt eine kernhaltige Protoplasmamasse mit anfangs wenig geschiedenen Zellgrenzen dar. in deren Innerem Elemente des weissen Dotters eingeschlossen sind. S. Taf. II. Fig. 13 bis 16.

Diese Auffassung des Verhältnisses zwischen Randwulst und weissem Dotter nähert sich einer von W. His[1] angegebenen, während von Kölliker[2] eine Durchwachsung des Dotters in Abrede gestellt und eine einfache Wucherung des Randwulstes angenommen wird.

Eine Schilderung der verschiedenen Metamorphosen, welchen darauf die Randwulstzellen unterliegen, ist mit meiner Aufgabe zu entfernt verwachsen, als dass sie hier betrachtet werden könnten. Diese betreffen den Vorgang inselweiser Blutbildung, die Anlage der Gefässröhren, die Umbildung von Randwulstzellen zum Dottersackepithel, welches kürzlich von H. Virchow[3] in ausführlicher Weise beschrieben worden ist.

Als ein vortrefflicher Ort für die Untersuchung des fertigen Epithels sowohl wie fortlaufender Blutbildung erscheint der schon von v. Baer[4] gekannte Faltenkörper des Gefässhofes, welcher nach ihm aus einer tiefen Kräuselung des unteren Keimblattes hervorgeht. Die Falten selbst betrachtet er bedeutungsvoll für Analoga der Darmfalten. Im medialen Theil des Faltenkörpers hört die Blutbildung mehr und mehr auf, während sie im lateralen compacteren Theil noch vor sich geht. Dieser Ort ist zugleich günstig für die Auffindung des Dottersandes, wie Remak[5] wusste.

1) Untersuchungen über die erste Entwicklung des Hühnchens im Ei. Leipzig 1868.
2) Keimblätter des Hühnchens. Würzburger Verhandlungen 1875.
3) Ueber das Dottersackepithel. Berlin 1875. Diss.
4) Ueber Entwicklungsgeschichte der Thiere. Königsberg 1828. I. S. 123.
5) Untersuchungen über die Entwicklung der Wirbelthiere. Berlin 1855. S. 194.

Urmund und Endstrang.

Die Masse des nicht sich furchenden Dotters ist gegenüber der bedeutenden Kleinheit des reifen Vogelkeimes so gross, dass letzterer um diese Zeit nur einen kleinen Theil, beim Hühnchen $\frac{1}{100}$ der grossen Kugeloberfläche bedeckt. Denkt man sich jene Nahrungsdottermasse sehr klein, etwa von der Grösse eines Hirsekorns, und den Keim darum gelegt, so umfasst der Keim die kleine Kugel fast vollständig und die noch vorhandene Oeffnung, welche in die vom Keim umschlossene dottergefüllte Höhle führt, ist der Urmund. Da die Keimscheibe die wirkliche Dotterkugel aber allmälig mit beiden Blättern umwächst, ein Vorgang, welcher, wie schon v. Baer gezeigt hat, beim Huhn zwischen dem 4. und 5. Brüttage stattfindet, so wird in Wirklichkeit ein ganz ähnlicher Zustand hergestellt und es hindert nichts, schon den Saum der kleinen Keimscheibe des frisch gelegten Eies gleichfalls als Urmund oder Ruscoxisches Loch zu bezeichnen, wie ich es früher gethan hatte. Dass zu jeder Zeit der fortschreitenden Umwachsung beide Blätter randwärts miteinander zusammenhängen und ineinander übergehen, habe ich gleichfalls bereits an anderem Orte hervorgehoben.

In Zeit von 4—5 Tagen legt der Saum des Randwulstes eine beträchtliche Strecke zurück; beim Huhn, dessen Dotter rund 30 Mm. Durchmesser besitzt, also etwa 45 Mm. Auch die Wucherung in die Dicke ist keineswegs unbeträchtlich. Einem solchen Flächen und Dickenwachsthum gegenüber bildet das Flächen- und Dickenwachsthum der eigentlichen Embryonalanlage, die Verkleinerung der Zellen in Betracht gezogen und bis zu demselben Zeitpunkt gerechnet, nur ein kleines und langsam fortschreitendes Plus. Was aber den embryoplastischen Bezirk der Keimscheibe vom periembryonalen Bezirk wesentlich verschieden gestaltet, ist, dass in jenem das expansive, auf alle Zellen vertheilte Wachsthum lange Zeiten fortdauert und ein constantes genannt werden kann, dass dagegen das expansive Wachsthum des periembryonalen Bezirks von Anfang an ein geringes ist und sehr bald vollständig erlischt; indem es hier in blosses Randwachsthum übergeht, welches die Umwachsung der Dotterkugel vollzieht. Dass das expansive Wachsthum des periembryonalen Bezirks schon bei der Ueberschreitung des Aequators der Dotterkugel erloschen sein müsse, ergibt sich schon daraus, dass am Randtheil keinerlei

---

Bemerkung. Das merkwürdige Auftreten der »ersten Embryonalanlage« im hinteren Bezirk der Keimscheibe bei Vögeln und Fischen ist nur phylogenetisch verständlich; ebenso bei den Säugethieren. Es beruht auf dem Verhältniss der Rückenfurche zum Urmund. Dass die Rückenfurche bei den Fröschen, bei Amphioxus, den Ascidien u. s. w. eine Fortsetzung der Entoderm-Invagination auf den Rücken sei, hat Kowalevsky gezeigt. Bei den anderen Wirbelthieren ist die Beziehung unverkennbar. Man vergleiche Kowalevsky, Studien an Würmern und Arthropoden. S. 29.

Falten zur Ausbildung kommen, die ausserdem doch vorhanden sein müssten. Ein wiedererwachendes expansives Wachsthum findet sich in diesem Bezirk nur an einer Stelle, dem Baer'schen Faltenkörper des unteren Keimblattes. Selbst das Randwachsthum der Keimscheibe vermindert sich mit Ueberschreitung des Aequators; doch wird der Saum des Randwulstes jenseits des Aequators dicker gefunden als vordem.

Eine genauere Untersuchung des Randwulstsaumes in verschiedenen Stadien der Umwachsung bietet in mehrfacher Hinsicht Interesse.

Betrachtet man flach ausgebreitete Stücke desselben von der ektodermalen Seite her, so zeichnen sich seine Zellen durch Grösse vor den centralwärts gelegenen Zellen aus. Sie haben einen Durchmesser bis zu 0,05 Mm., während die angrenzenden Zellen 0,01 D. besitzen. Bei Keimscheiben von 1 Cm. Durchmesser folgen der Fläche nach nur 2 oder 3 grosse Zellen aufeinander. An Keimscheiben, welche die Umwachsung bis auf ein Kleines vollzogen hatten, konnten in einigen Fällen bis zu 10 grosse Zellen in Radial-richtung zur Scheibe gezählt werden. Die Begrenzungslinie des Randes ist bei kleineren Keimscheiben mehr oder weniger kreisförmig. Bei grösseren Keimscheiben dagegen er-scheint der Saum gelappt, indem Gruppen von 3—5 grossen Zellen in nach aussen con-vexe Bogen gestellt durch Einkerbungen randwärts voneinander geschieden sind und darum Vorsprünge nach aussen bilden. Die einzelnen Zellen selbst erzeugen an jedem Läppchen wieder kleinere Vorsprünge, wodurch sehr zierliche Bilder zum Vorschein kom-men. Die Zellen haben theils klaren, theils körnigen Inhalt und besitzen Einen, sehr häufig zwei Kerne mit Einem bis zu mehreren Kernkörperchen. Schon bei der Flächenbetrach-tung gewinnt man durch verschiedene Focusstellung die Ueberzeugung, dass der Saum, von der äussersten Zellenreihe abgesehen, nicht durch eine einzige Zellenlage hervor-gebracht werde. Nicht selten sieht man indess schon die äusserste Zelle mit ihrer cen-tralwärts gelegenen Hälfte eine unterliegende Zelle überdecken. Taf. II. Fig. 18 u. 23.

Ueber das genauere Verhalten können aber nur Querschnitte durch den gehärteten Saum und die zunächst liegenden Randwulsttheile mit vorausgehender oder nachfolgender vorsichtiger Tinction, am besten durch Pikrokarmin, Sicherheit geben. Man überblickt auf diese Weise wiederum sehr schön die Grössenzunahme der Ektodermzellen nach dem freien Rand hin, erkennt eine bis zu fünf Zellenlagen allein am Ektoderm, die alsdann von oben nach abwärts abgeplattet sind und polygonale Gestalt besitzen. Einwärts von der Unterfläche dieser grossen Ektodermzellen bemerkt man aber sofort andere minder dicht stehende, stärker körnerhaltige Zellen von 0,02 bis 0,04 Mm. und schönem Kern von 0,004 bis 0,009 Mm. Auch diese Zellen können schon am Aussenrande mehrfach übereinander liegen. Letzteres ist immer der Fall, sowie wir das Entoderm, welches ja von diesen Zellen gebildet wird, weiter centralwärts verfolgen, wo dann allmälig das ge-wöhnliche Verhältniss des Randwulstes zum weissen Dotter Platz greift. Fig. 24 u. 25.

Ist einmal der Urmund dem Verschluss nahe, so hat er bei verschiedenen Eiern einer und derselben Species und im gleichen Stadium der Ausbildung dennoch eine sehr verschiedene Gestalt. Die Grundform ist ein Oval, dessen Längenaxe der Verbindungslinie der Chalazen parallel läuft. Doch sind die Ränder des Ovals meist nichts weniger als regelmässig, indem Vorsprünge und Einkerbungen sehr manchfaltige Polygone zu Wege bringen. Doch trifft man hin und wieder auch auf schöne regelmässige Ellipsen.

Schliesslich erfolgt die Verwachsung zuerst der genäherten Ektodermalränder, darauf der Entodermalränder, der Hauptlinie nach wiederum der Längenaxe des früheren Ovals entsprechend, in der Weise also, dass sie in die Verbindungslinie der Chalazen fällt, in deren Nähe die Nahtenden sich befinden. Selten wieder ist die Nahtlinie eine Gerade; sondern vielfache Seitenzweige, die dem Ganzen ein strahlenförmiges Aussehen geben, können in verschiedenem Winkel von der Hauptlinie abzweigen und eine Strecke weit sich entfernen. Taf. II. Fig. 19—22.

Die Naht hebt sich an der unverletzten Darmblase, oder wenn man den ganzen betreffenden Keimscheibentheil ausgeschnitten und den Dotter sorgfältig abgespült hat, von der Umgebung als ein weisser Strang ab, den ich Endstrang nennen will. Verfolgt man denselben auf Querschnitten, so macht er sich in der That als körperliches Gebilde geltend, welches gegen das Entoderm und mit ihm gegen den Dotter kielförmig vorspringt, während die Aussenfläche in der Regel glatt und über die Umgebung nicht oder wenig erhaben ist. Zu einer gewissen Zeit sieht hiernach dieses Gebilde der Axenplatte des Embryo nicht unähnlich. Die Innenfläche ist verschieden beschaffen, je nachdem das Entoderm bereits sich mit dem Strange verbunden hat oder nicht. In der Regel ist diese Verbindung eine lockere und eine entodermale Verdickung selbst nicht vorhanden. Doch besitze ich auch Fälle der letzteren Art, bei welchen ausserdem die Stärke der Verbindung beider Blätter eine ganz ausgiebige ist, zumal wenn man bedenkt, dass eine spätere Lösung noch einzutreten hat. Fig. 26 u. 27.

Der ektodermale Theil des Endstrangs stellt für sich untersucht auf Querschnitten meist eine spindelförmige, aus grossen Zellen bestehende Anschwellung dar, in deren grösster Dicke die Zellen 3—5 Reihen bilden, während sie zu beiden Seiten allmälig wieder in eine einzige Reihe auslaufen. Ein andermal ist der Körper viel dicker.

Der Endstrang ist ein transitorisches Gebilde. Nicht selten findet man ihn am sechsten Tage in der Mitte hohl, indem die centralen Zellen sich verflüssigen und unter dem Druck des Deckgläschens als Trümmer wie in einer Röhre hin- und hergeschoben werden können.

Phylogenetische Stellung der Vögel.

Bei der grundlegenden Bedeutung, welche den ersten Gestaltungsvorgängen befruchteter Keime, der Furchung, in leicht zu erkennender Weise zukommt, erwächst für Jeden, welcher der Erkennung dieses grossen Gebietes seine Theilnahme zuwendet, vor Allem die ebenso natürliche als nothwendige Aufgabe, die neben tiefgreifenden Uebereinstimmungen nur um so dringender hervortretenden Verschiedenheiten der Anfangsformen auf ihren wahren Werth zu prüfen. Dass Verschiedenheiten schon in frühester Zeit vorhanden sind, ja für die Erreichung abweichender Endformen als vorhanden angenommen werden müssten, selbst wenn sie äusserlich nicht sichtbar sein sollten, ist gewiss keinem Zweifel unterlegen. Es kann sich also nur darum handeln, den Werth dieser Verschiedenheiten ermessen zu lernen. Zahlreiche Uebergangsformen zwischen äusserlich abstehenden Anfangsformen geben nach dieser Richtung schon einen belehrenden Fingerzeig und verheissen noch grössere Ausbeute. Manches, dem äusserlichen Anblick nach verschieden Gestaltete zeigte eine innere Zusammengehörigkeit, als der richtige Gesichtspunkt die Messung unternahm.

Ist es auch gegenwärtig noch nicht möglich, alle Verschiedenheiten einheitlich aufzulösen und bestehen noch undurchdringliche Räthsel, so ist es doch unumgänglich geboten, die Zusammengehörigkeit zu suchen, und wo sie vorhanden, sie zu finden.

Auf der Unterlage des grossen Materiales, welches über die Entwicklungsgeschichte der übrigen Wirbelthiere und der Wirbellosen bereits vorliegt, kann es nunmehr nicht schwer fallen, die wesentliche Uebereinstimmung der ersten Anlage der untersuchten Vögel mit einer grossen entwicklungsgeschichtlichen Gruppe darzuthun.

Aus der Maulbeerform des Vogelkeims entwickelt sich unter Flächenzunahme und mittlerer Verdünnung der sie darstellenden Keimscheibe durch Auseinanderweichen ihrer Furchungskugeln und Bildung einer niedrigen Furchungshöhle eine flachgestreckte Keimblase, die sich über einer Keimhöhle, der Urdarmhöhle, ausspannt.

Der Vorgang dieser Keimblasenbildung ist jedoch mit Bezug auf die spätere Umwachsung des Dotters als ein vorgreifender anzusehen. Eine fortschreitende Umwachsung des Dotters, an welcher Ektoderm und Entoderm sich betheiligen, schliesst sich unmittelbar an, ist vielmehr schon vom Beginn der Furchung an eingeleitet.

Das Wesentliche des Vorgangs ist nicht die Umwachsung des Dotters durch das Entoderm, sondern die Umwachsung des Entoderm durch das Ektoderm. Der Nahrungsdotter ist nur als ein Anhang des Entoderm zu betrachten. Schon von Anfang an übertrifft das Ektoderm an Wachsthumsgeschwindigkeit diejenige des Entoderm. So grosse Anstrengungen das letztere zu überwältigen hat, um den Nahrungsdotter zu umspannen und sich einzufügen, so wird es doch im Wettlauf beständig überholt vom Ektoderm, dessen Urmundrand sich endlich über ihm zusammenschliesst.

Wir haben also hiermit eine Epibole (Umwachsung des Entoderm durch das Ektoderm' und daraus hervorgehende Amphigastrula Haeckel[1]) in schönster Form und zugleich von enormer Grösse. Die Amphigastrula ist aber offenbar nur eine andere Form der Invagination, wie insbesondere von Kowalevsky[2]) und Haeckel[1]) gezeigt wurde.

Dass für die Selachier[3]) und Knochenfische[4]) ganz dasselbe gilt, bedarf keiner

---

1) Die Gastrula und die Eifurchung der Thiere. Jenaische Zeitschrift 1875.
2) Embryologische Studien an Würmern und Anthropoden. Petersburg 1871.
3) Development of the Elasmobranch Fishes. Quart. Jour. of Mikr. Sc. 1874.
4) A. Goette, Beitr. z. Entwicklungsgesch. d. Wirbelth. Archiv f. mikrosk. Anat. v. M. Schultze. Bd. IX.

besonderen Besprechung. Auch sie durchlaufen eine solche Form bei partieller Furchung. Es ist zugleich ersichtlich, dass es einen unwesentlichen Unterschied macht, ob bei den Vögeln und Knochenfischen die vorgreifende Gastrula (mit Bildung der Furchungshöhle) durch Delamination, oder vom Randwulst ausgehende Entodermalwucherung gebildet werde. Die definitive Gastrula wird schliesslich durch Epibole erzeugt. Nach eigenen Erfahrungen am Ei des Ritters glaube ich übrigens die Entodermbildung auch hier durch Delamination (zur Bildung der Furchungshöhle) geschehend annehmen zu sollen.

Die Gegenwart des Nahrungsdotters wird bei allen genannten Keimen nicht als Einwand gegen das Vorhandensein einer Amphigastrula gelten können. Man dürfte sich nur an das endliche Schicksal des Dottersacks erinnern, um einen solchen Einwand, wenn er sonst eine Bedeutung hätte, als unhaltbar erscheinen zu lassen.

Der bei den Vögeln u. s. w. nach der Eiumwachsung vom Entoderm umschlossene dottergefüllte Raum ist kein echter Keimblasenraum und mit dem Keimblasenraum des Amphioxus z. B. nicht zu vergleichen, sondern er ist Urdarmraum. Die echte Keimblase der Vögel und Knochenfische ist die mit der Furchungshöhle versehene Keimscheibe.

Zur Vergleichung ist auf den Tafeln das entsprechende Stadium des Amphioxus und einer Schnecke wiedergegeben. Taf. II. Fig. 29 u. 30.

Eine Vergleichung der Entwicklung der Vögel mit den Knochenfischen zieht noch in einem anderen Punkt die Aufmerksamkeit an. Er betrifft das verschiedene Verhalten des Urmundes der beiden Klassen zum embryonalen Körper.

Bei den Knochenfischen tritt bekanntlich das hintere Leibesende mit dem sich schliessenden Urmunde in bleibende Verbindung. Diess ist bei den Vögeln nicht der Fall; vielmehr entfernt sich hier der Urmund beträchtlich vom hinteren Leibesende, welchem er anfangs nahe war. Selbst wenn man den Randwulst statt des Urmundes in die Vergleichung einsetzte, würde sich ein ähnlicher Unterschied, wenn auch geringeren Grades, bemerklich machen. Der Verschluss des Urmundes bleibt auch bei den Vögeln nicht ergebnisslos; er erzeugt den Endstrang. Der letztere ist allerdings mit seiner Längenaxe senkrecht zur Längenaxe des Vogelembryo gestellt. Diess würde jedoch nicht hindern, ihn mit einem integrirenden Theile des Fischembryo zu homologisiren, welcher als Urmundnaht am hinteren Ende des Fischkörpers dauernd verbleibt und in die Zusammensetzung des Leibes eingeht, während er bei dem Vogel durch Ausziehung und Zwischenschiebung bedeutender blastodermaler Strecken vom hinteren Leibesende entfernt und jenseits desselben unbenützt liegen bleibt.

Bedeutung der Furchung.

Man kann die Furchung von verschiedenen Gesichtspunkten aus betrachten; sie alle zusammen erst vermögen uns ihr Wesen näher zu bringen. In morphologischer Hinsicht erscheint dieselbe einfach zunächst als Zelltheilung, physiologisch aber als Arbeitstheilung. Doch sind wir noch weit davon entfernt, die so einfach scheinende Theilung einer Zelle dem Verständniss erschlossen zu sehen; diess wird erst dann der Fall sein, wenn wir den Vorgang auf chemisch-physikalische Gesetze zurückzuführen vermögen werden.

Das Princip der vorschreitenden Arbeitstheilung, welches mit der Furchung in Wirksamkeit tritt und bis zu dem Ende des Wachsthums seine Geltung bewahrt, sei es, dass eine qualitative oder bloss quantitative Theilung der Arbeit erfolgt, erfordert nicht, dass sämmtliche, bestimmten Arbeitscomplexen zugehörige Gruppen von Furchungskugeln nothwendig gerade in Blättern sich anlegen und aufeinanderfolgen. In früherer und späterer Entwicklungszeit sehen wir Differenzirungen ohne Blätterbildung. Wenn wir aber dennoch gerade die wichtigsten Differenzirungen die Blätterform mit Vorliebe wählen sehen, so kann man sich vorstellen, die physiologische Bedeutung dieser Form beruhe auf der Erzielung einer Oberflächenvergrösserung der am frühesten differenzirten Zellencomplexe.

Zu dem greifbarsten Ergebniss gelangt, freilich nur im Allgemeinen, die Betrachtung der Furchung vom mathematischen Gesichtspunkt aus. Hier erscheint die Furchung als Theilung eines Ganzen mit nachfolgender Grössenänderung der kleinen Theilstücke, bedingt durch die Kräfte der befruchteten Eizelle und die Kräfte ihrer Umgebung. Sowie wir aber in das Einzelne gehen, treffen wir nicht bloss auf grosse Manchfaltigkeit der Theilungs- und Grössenänderungsprocesse bei verschiedenen Thieren, sondern der einzelne Process selbst zeigt während seines Verlaufes keine Constanten, sondern bedeutungsvolle Aenderungen sowohl der Theilung als auch der Grössenänderungen seiner Glieder, als wäre er aus mehreren Gruppen zu einem Ganzen zusammengesetzt, das in der befruchteten Eizelle latent vorhanden war und sich nunmehr allmälig entfaltet.

Bevor man die Furchung vom phylogenetischen Gesichtspunkte untersucht, und dieser ist der merkwürdigere, sei es gestattet, mit Bezug auf das Vorausgehende einen Blick auf den Furchungsprocess der betrachteten Vögel zu werfen und die einzelnen Bestandtheile aufzusuchen, welche zur bestimmten Lagerung der Bausteine führen, deren Gesammtheit eben z. B. das Hühnchen ausmacht. Wir sehen ihn beruhen

1) auf einer Zelltheilung, deren Geschwindigkeit in der Mitte der Keimfläche grösser ist als am Rand (Coste) und in der oberflächlichen Schicht grösser als in der tiefen (Oellacher);

2) auf der nachfolgenden Vergrösserung der gesetzten Theilstücke vor deren weiterer Theilung; auf einer Verkleinerung mancher Theilstücke ohne weitere Theilung. Das Centrum stärkster relativer Vergrösserung pflegt zusammenzufallen mit dem der schnellsten Theilung. Eine Theilung allein, ohne Vergrösserung oder Verkleinerung der Theilstücke, würde nicht zur Dimensionsänderung der ganzen Keimscheibe führen können;

3) auf der Setzung von Flüssigkeit zwischen beiden Blättern der Keimscheibe im Bereich ihrer Mittelscheibe, ebenso jenseits der Unterfläche des unteren Blattes.

Aus der Wirkung dieser Factoren entspringt die Verschiebung des oberen Blattes über das untere, dessen Verdünnung im Bereich der Mittelscheibe, die Bildung der Furchungs- und Keimhöhle, die Umwachsung des unteren Blattes durch das obere und die

Bildung des Endstrangs. Die wichtigste Embryonalanlage, die Bildung der Axenplatte, als einer medianen Wucherung des oberen Keimblattes, die zuerst im hinteren Drittel der Area pellucida vor Entstehung einer Primitivrinne auftritt, macht sich scheinbar als neues, wirklich als freigewordenes Wachsthumscentrum geltend. Es wachsen aber auch die Seitentheile des oberen Blattes nicht bloss in die Dicke, sondern auch in die Breite und stossen auf peripherischen und centralen Widerstand, der darauf auch zu Faltenbildungen und Abschnürungen führt.

Das Problem einer theils auf Wucherung, theils auf Faltenmechanismus der Keimscheibe beruhenden Erzeugung der Körpergestalt des Hühnchens, von Pander[1]) aufgestellt und auf überraschende Weise durchgeführt, verdient gewiss unsere volle Theilnahme und Berücksichtigung. Pander hat die Furchung begreiflicherweise nicht in das Bereich seiner Betrachtungen ziehen können. Aber wir sehen, dass bereits Leuckart[2]) die Furchung als einen Mechanismus auffasste und ansprach, ohne dessen Verschiedenheiten irgend gering zu schätzen.

Und hiermit ist denn zugleich der naturgemässe Uebergang gegeben zur Beleuchtung des letzten zu besprechenden Gesichtspunktes, unter welchen die Furchung fällt, des phylogenetischen. Mit Bezug auf diesen unternommene Vergleichungen der ganzen Reihe von Furchungsmodis mit dem der Vögel bedürfen keiner Ausführung, nachdem die Stellung des Hühnchens in der Reihe schon oben bezeichnet worden ist. Es handelt sich vielmehr um die allgemeine Fassung des Standpunktes.

Wenn wir wahrnehmen, dass innerhalb der bekannten grossen Gruppen von Furchungsprocessen neben bedeutenden Uebereinstimmungen gewisse Abweichungen in der Theilung des Keims und in der Grössenänderung seiner Theilstücke vorhanden sind, so erhebt sich für jeden Unbefangenen sofort die Frage

1) nach der Ursache der Theilung und Grössenänderung der Theilstücke überhaupt; und

2) nach der Ursache des besonderen Theilungs- und Grössenänderungsprocesses in jedem verschiedenen Falle;

mit andern Worten die Frage nach der Ursache der verschiedenen Wachsthumsvertheilungen in der gesammten Stufenfolge der Thiere. Der männliche Zeugungsstoff fällt natürlich ganz unter denselben Gesichtspunkt.

Die vorhandenen Verschiedenheiten der Vertheilung, sowohl der Zellvermehrung wie der Zellvergrösserung in verschiedenen Keimen wird Niemand hierauf als ein blindes Ohngefähr oder als etwas Selbstverständliches sich zu denken berechtigt sein, um in den Verschiedenheiten des Pander'schen Mechanismus seine Beruhigung zu suchen. Vielmehr stellt uns die Betrachtung der Verschiedenheiten vor folgende Alternative: Die verschiedene Wachsthumsvertheilung ist entweder eine ursprüngliche oder sie ist eine erworbene. Ursprünglich ist aber wahrscheinlich nicht einmal die einfache Zelltheilung.

---

1) l. c. S. 6—40.

2) R. Wagner's Handwörterbuch der Physiologie. Bd. IV, Zeugung.

Die Fragestellung ist keine andere, als welche Jeder an die fertigen Organismen richtet: Sind ihre Verschiedenheiten ursprüngliche oder erworbene! Sie wendet sich auf entwicklungsgeschichtlichem Felde nur zu den frühen Stufen des individuellen Lebens. Alle Gründe, welche die LAMARCK-DARWIN'sche Theorie stützen, gelten darum auch hier. Zu ihnen gesellt sich aber ein Weiteres, in seiner ganzen Tragweite noch nicht vollständig Uebersehbares, und diess beruht darauf, dass zur Zeit eine schwerwiegende Zahl von Furchungsprocessen theils Uebereinstimmung, theils solche Aehnlichkeiten besitzt, dass eine formale Ableitung der einen aus der anderen Form Schwierigkeiten nicht bietet.

Ergebnisse.

1) Im Maulbeerstadium des Vogelkeims ist die Keimscheibe durchzogen von einem Saftlückensystem, welches mit der Keimhöhle in offener Verbindung steht und einen unmittelbaren Ernährungsstrom aus der Keimlymphe gestattet.

2) Die Bildung des Entoderm der Vögel erfolgt nicht vom Randwulst aus (GOETTE), sondern durch Spaltung der Masse der Furchungskugeln in 2 Lamellen (OELLACHER).

3) Die Keimhöhle der Vögel stellt deren Urdarmhöhle dar, das Auseinanderweichen beider primärer Keimschichten gibt Veranlassung zur Bildung der Furchungshöhle.

4) Das Entoderm besteht theils aus kernhaltigen Zellen, theils aus grobkörnigen kernlosen Kugeln. Erstere überwiegen an Zahl. Letztere, der Oberfläche des Nahrungsdotters entstammend, dienen zur Ernährung der Keimscheibe, indem sie sich auflösen.

5) Furchung findet auch in der oberflächlichen Lage weissen Dotters statt, sowohl im Keimhöhlenboden als besonders im Dotterwall.

6) Die Zeit der Legung der Eier ist bei verschiedenen Species nicht an eine gleiche Entwicklungsstufe geknüpft. Kanarieneier z. B. werden im Maulbeerstadium der Furchung gelegt.

7) Die Zellen des Randwulstes beginnen um die Zeit der Anlage der Axenplatte und der Primitivrinne in den weissen Dotter einzuwuchern und dessen Elemente in sich aufzunehmen.

8) Die Axenplatte entwickelt sich als mediane Verdickung des Ektoderm. Aus ihr entwickeln sich die Medullarplatte, die Chorda und animale Musculatur. Die vegetative Musculatur aus den Zellen, welche spärlicher oder reichlicher das Entoderm decken.

9) Die Ueberwucherung des Dotters wird durch das Ektoderm und Entoderm vollzogen, durch letzteres vermittelst des Randwulstes und seines Saumes, anfänglich durch expansives, später durch Randwachsthum. Am Randwulstsaum gehen beide Blätter zu allen Zeiten der Umwachsung in einander über.

10) Der Verschluss des Urmundes erzeugt den Endstrang, welcher senkrecht zur Längenaxe des Embryo, parallel der Verbindungslinie der Chalazen liegt.

11) Der Endstrang ist ein kielförmig gegen den Dotter vorspringendes Gebilde, auf dem Querschnitt von spindelförmiger Gestalt, eine Wucherung des Ektoderm, ähnlich der Axenplatte. Er wird später hohl. Er kann homologisirt werden mit einem Theile des hinteren Körperendes der Knochenfische, bei welchen er in den Körper übergeht, während er jenseits der Vogelembryen unverwendet liegen bleibt.

12) Die Vögel durchlaufen das Stadium der echten Gastrula schon insofern sie eine Furchungshöhle bilden. Dieser Vorgang ist ein anticipatorischer mit Bezug auf die Umwachsung des Dotters. Bei dieser Umwachsung eilt das Ektoderm dem Entoderm stets voraus, welches sich unter des ersteren Randwulstsaum verbirgt. Die Umwachsung wird nöthig durch die Grösse des Nahrungsdotters. Letzterer erscheint als Appendix des Entoderm. Die Umwachsung des Entoderm durch das Ektoderm, die sogenannte Epibole, führt zur Bildung einer colossalen Amphigastrula. Diese ist aber nur ein anderer Modus der Invagination, kein Gegensatz derselben. Will man die vom Entoderm umschlossene dottergefüllte Höhle eine Keimblase nennen, so lässt sich dagegen nichts einwenden: dem Sinne nach ist sie aber nicht homolog etwa der Keimblase des Amphioxus. Sie ist vielmehr eine Darmblase, oder auch wohl eine vom Ektoderm umschlossene Entoderm-Vollkugel. Der Keimblase des Amphioxus homolog ist vielmehr die erwähnte Furchungshöhle der Keimscheibe. Dieselbe Amphigastrula bilden auch die Knochenfische und die Selachier.

13) Der Urmund der Vögel und Knochenfische steht in phylogenetischer Beziehung zur Rückenfurche dieser Thiere. Darum liegt ihre »erste Embryonalanlage« im hinteren Bezirk der Keimscheibe.

14) Pander's mechanische Entwicklungstheorie schliesst das phylogenetische Princip nicht aus, sondern scheint letzteres zu postuliren. Es bleibt folgende Alternative: Die einzelnen Entwicklungsmechanismen sind entweder ursprünglich oder erworben. Letzteres ist wahrscheinlicher und die Mechanismen zeigen sich als die Wirkungen phylogenetischer Ursachen, statt autochthon zu sein.

15) Die einzelnen Mechanismen sind nicht constant, sondern unterliegen der Variabilität in weiten Grenzen. Diess zeigt einerseits die Beobachtung zahlreicher Fälle eines und desselben Mechanismus, kann andrerseits experimentell leicht nachgewiesen werden.

Erklärung der Tafeln.

Die Zeichnungen Fig. 1—27 sind sämmtlich mit dem Prisma aufgenommen. Fig. 28 ist eine schematische Darstellung, 29 und 30 sind Copien.

Tafel I.

Fig. 1. Keimscheibe eines Eileitereies der Ente im Meridionalschnitt. Die Kalkschale des Eies war in der Bildung begriffen. Maulbeerstadium der Furchung. Eine kleine Keimhöhle ist bereits vorhanden. Im Dotterwall sind freie Kerne zu bemerken. Fig. 1, 2, 5, 6, 7, 8 u. 9 $= \frac{65}{1}$.

Fig. 2. Keimscheibe des frisch gelegten Enteneies, im Querschnitt durch die Mittelscheibe, senkrecht zur grossen Axe des Ovals. Sie hat an Flächenausdehnung gegenüber der vorhergehenden gewonnen, an Dicke verloren. Ektoderm und Entoderm haben sich gesondert, eine schmale Furchungshöhle trennt beide. Die Keimhöhle ist vergrössert. Ein deutlicher Randwulst hat sich ausgebildet. Spärliche Elemente auf dem Keimhöhlenboden. Das Entoderm, Mittelscheibe und Randwulst besteht zum grösseren Theil aus kernhaltigen Zellen, zum kleineren aus kernlosen, vielleicht kernstoffhaltigen Kugeln.

Fig. 3. Ein Theil der Keimscheibe des Eileitereies Fig. 1, stärker vergrössert. Saftlückensystem zwischen den Furchungskugeln. Auch von den tiefstgelegenen Zellen zeigen mehrere einen deutlichen Kern; andere sind, wie die Beobachtung aufeinanderfolgender Schnitte ergibt, kernlos, mit vielen Inhaltskugeln.

Fig. 4. Ein Theil der Keimscheibe des frisch gelegten Eies Fig. 2, stärker vergrössert. In der Furchungshöhle sind Körner zerstreut, welche möglicherweise in der Wanderung zu den Keimzellen begriffen waren.

Fig. 5. Keimscheibe des frisch gelegten Kanarieneies im Meridionalschnitt. Eine Keimhöhle ist noch nicht vorhanden, doch der erste Beginn ihrer Bildung wahrnehmbar. Freie Kerne jenseits des durchfurchten Keims.

Fig. 6. Kanarienkeim der ersten Brütstunden. Eine Sonderung der Zellen in Blätter ist noch nicht erfolgt, eine Keimhöhle dagegen schon ausgebildet. Der Randtheil der Scheibe ist verdünnt.

Fig. 7. Kanarienkeim nach 10stündiger Bebrütung. Die Sonderung in 2 Blätter und ein Serumerguss zwischen beide ist erfolgt. Das obere Blatt ist einreihig, das untere unregelmässig ein- bis dreireihig, doch ohne Lückenbildung. Ein Randwulst ist nicht vorhanden.

Fig. 8. Kanarienkeim von 24 Brütstunden. Die Furchungshöhle ist verschwunden, die Keimhöhle bedeutend tiefer geworden und mit spärlichen Bodenelementen versehen. Die untere Keimschicht zeigt im Bereich der über die Keimhöhle hinwegziehenden Mittelscheibe grossentheils 4—5 Zellenreihen, welche mittelst einer starken Verdünnung auf eine einzige Reihe in den nunmehr gut ausgebildeten Randwulst übergehen.

Fig. 9. Keimscheibe des frisch gelegten Taubeneies, im Querschnitt durch das hintere Drittheil der Mittelscheibe, senkrecht zur Längenaxe des Ovals. Freie Kerne im Dotterwall und im Boden der Keimhöhle. Grosse und zahlreiche kernlose Bodenkugeln. Furchungshöhle schön ausgebildet.

Fig. 10. Keimscheibe des frisch gelegten Taubeneies, von der entodermalen Fläche aus gesehen. Die von einem gut ausgeprägten Randwulst umgebene Mittelscheibe zeigt im unteren (hinteren) Drittel eine dichtere Anhäufung der im Uebrigen netz- und gruppenförmig geordneten Entodermzellen.

Fig. 11. Randstück des Kanarienkeims Fig. 6 bei starker Vergrösserung. Der freie Rand der Scheibe liegt linkerseits. Das Ektoderm überragt den fertigen Theil des Entoderm. Kerne im Dotterwall.

Fig. 12. Theil des Randwulstes vom Keim des frisch gelegten Enteneies Fig. 2, stark vergrössert. Entoderm und Ektoderm sind auch hier deutlich von einander geschieden. Der freie Rand der Keimscheibe liegt rechterseits. Kerne im Dotterwall.

Tafel II.

Fig. 13. Keimscheibe eines Taubenembryo im Querschnitt durch das hintere Drittel der Area pellucida senkrecht zur Längenaxe.

    a. Axenplatte. Sie verläuft als eine in ihrer ganzen Länge im Querschnitt spindelförmige Anschwellung durch das hintere Drittel der Area pellucida, vorne und rückwärts sich allmälig verdünnend, rückwärts sich verbreiternd.

    b. Randwulst im Beginn der Durchwachsung des weissen Dotters.

Fig. 14. Keimscheibe eines etwas älteren Taubenembryo, bei welchem jedoch die Blut- und Gefässbildung gleichfalls noch nicht begonnen hat. Der Schnitt stammt aus dem Anfangstheil des Vorderkopfs. Randwulst nach dem Abschluss der Durchwachsung des weissen Dotters.

Fig. 15. Theil des Randwulstes der Fig. 13 stärker vergrössert. Die Elemente des weissen Dotters unterscheiden sich leicht von den Entodermzellen. Deren Kerne sind entsprechend der Karmintinction dunkel gehalten.

Fig. 16. Theil des Randwulstes der Fig. 14, stark vergrössert. Das untere Ende der Figur bezeichnet die ventrale Grenze des Randwulstes. Die Zellenkerne sind dunkel gehalten, die Zellengrenzen kaum erkennbar. Die weissen Dotterkugeln, theils mit grösseren Einschlüssen, theils mit kleinen Körnchen erfüllt, liegen im Innern des Randwulstes und zugleich im Innern der Randwulstzellen, wie Zerzupfungspräparate von frischen Keimscheiben zeigen.

Fig. 17. Zerzupfungspräparat aus dem Randwulst eines der Fig. 16 entsprechenden Stadiums. Zellen mit Weissdottereinschlüssen. Die Kerne erscheinen an die Zellenwand gedrängt.

Fig. 18. Stückchen des freien Saumes vom Randwulst eines nahe 4 Tage hindurch bebrüteten Hühnereies, von der Entodermfläche aus. Man sieht im unteren Theil der Figur die Unterfläche des hier grosszelligen Ektoderm; im oberen Theil wandständige Entodermkerne innerhalb einer Zellenschicht, welche weisse Dotterkugeln enthält. Der freie Saum erscheint gelappt und gekerbt.

Fig. 19—22. Verschiedene Urmundformen von Keimscheiben des Huhns, welche dem Ende der Dotterumwachsung mehr oder weniger nahe gekommen sind. Die dunkel gehaltenen Flächen entsprechen den Urmundöffnungen. Natürliche Grösse.

Fig. 23. Randwulstsaum eines 24 Stunden bebrüteten Enteneies von der ektodermalen Fläche aus. Rasche Verkleinerung der Zellen jenseits des freien Randes, welcher hier wie Fig. 18 nach abwärts sieht.

Fig. 24. Querschnitt durch den Randwulstsaum eines 4 Tage bebrüteten Hühnereies. Freier Rand linkerseits. Die ektodermale Verdickung ist im stärksten Theil 4 Zellen hoch, nach beiden Seiten hin sich verschmächtigend und in eine einzige Zellenreihe auslaufend. Ein- und unterwärts vom Ektodermsaum folgen Entodermzellen und weisse Dotterkugeln. Die Kerne der Entodermzellen sind dunkel gehalten.

Fig. 25. Querschnitt durch den Randwulstsaum eines 24 Stunden bebrüteten Enteneies. Freier Rand rechterseits. Grosse Saumzellen. Unter- und einwärts von letzteren verbergen sich die äussersten Entodermzellen.

Fig. 26. Querschnitt durch den Endstrang der Keimscheibe eines 5 Tage bebrüteten Enteneies, vor dem Verschluss der Entodermblase. Die auf dem Querschnitt spindelförmige Verdickung entspricht dem Ektoderm. An dessen Aussenfläche liegt die Dotterhaut.

Fig. 27. Querschnitt durch den Endstrang einer andern Ente, mit angelöthetem Entoderm. An der Aussenfläche des Ektoderm die in der Figur zu dick wiedergegebene Dotterhaut.

Fig. 28. Schema der Umwachsung des Entoderm durch das Ektoderm, sowie der Umwachsung der Dotterkugel durch das Entoderm.

Fig. 29. Gastrula des Amphioxus lanceolatus nach KOWALEVSKY.

Fig. 30. Amphigastrula einer Schnecke (Trochus?) nach HAECKEL.

Druck von Breitkopf & Härtel in Leipzig.

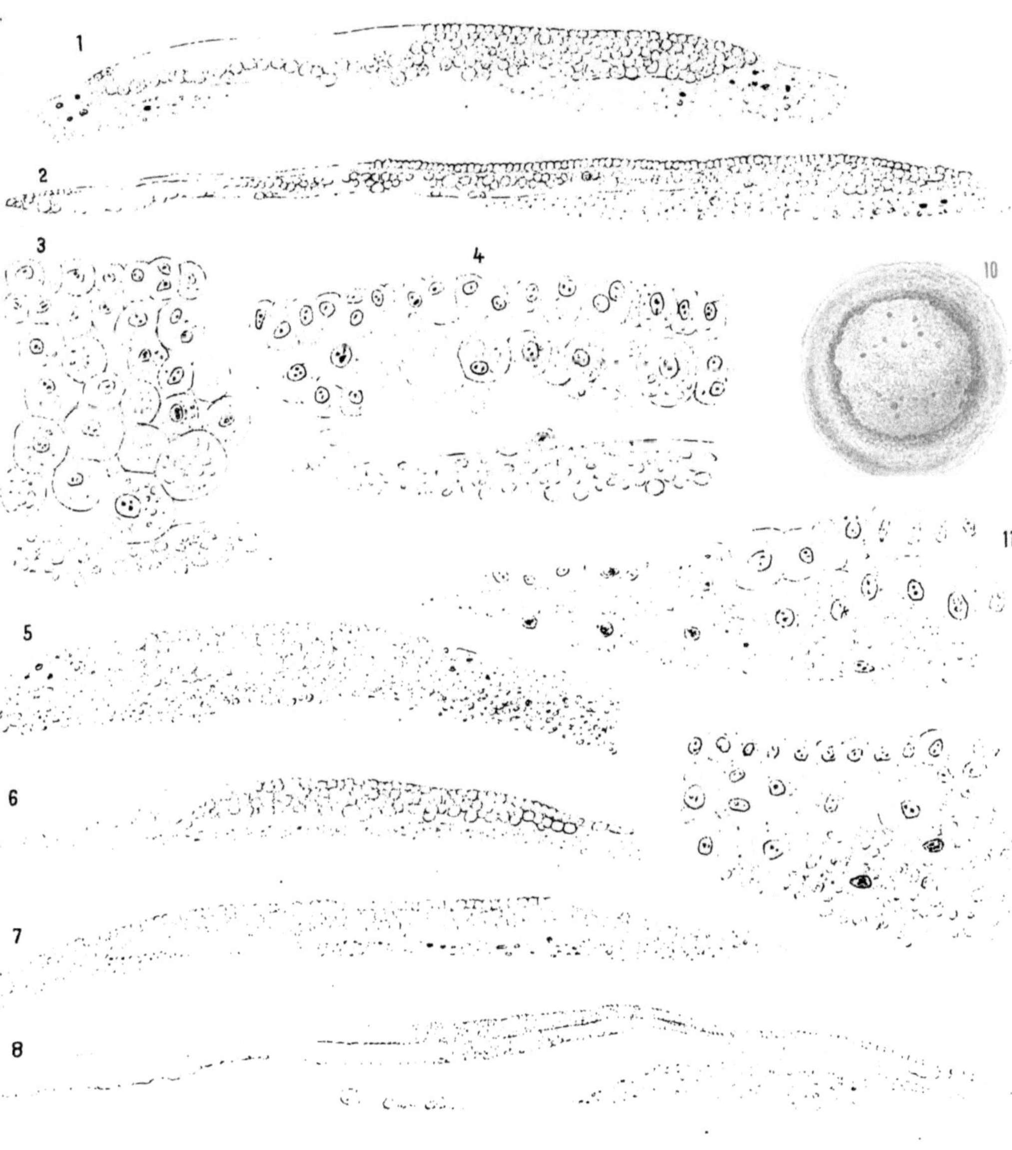